कुछ यूँ हुआ उस रात

प्रगति गुप्ता

प्रकाशक
प्रभात प्रकाशन प्रा. लि.
4/19 आसफ अली रोड, नई दिल्ली–110002
फोन : 011–23289777 • हेल्पलाइन नं. : 7827007777
इ–मेल : prabhatbooks@gmail.com ❖ वेब ठिकाना : www.prabhatbooks.com

संस्करण
प्रथम, 2023

पेपरबैक मूल्य
दो सौ पचास रुपए

मुद्रक
आर–टेक ऑफसेट प्रिंटर्स, दिल्ली

—————— ★ ——————

KUCHH YOON HUA US RAAT
stories by Smt. Pragati Gupta

Published by **PRABHAT PRAKASHAN PVT. LTD.**
4/19 Asaf Ali Road, New Delhi-110002

ISBN 978-93-5521-872-8

₹ 250.00 (PB)

यह कहानी–संग्रह

मेरे पापा **स्व. डॉ. बनवारी लाल गुप्ता**

को समर्पित है

जिनकी वट छाया में मेरे सृजन का अंकुरण हुआ।

मन की बात

आज हम जिस परिदृश्य में रह रहे हैं, वहाँ जीवन का हर क्षेत्र हाशिए पर पहुँचता जा रहा है। समाज की सबसे छोटी इकाई परिवार है। आज परिवारों में संबंधों के अंकगणित बदल गए हैं। परिवार की भूमिकाओं में भी परिवर्तन आया है। आज रिश्तों की परिभाषाएँ बदलने से भूमिकाएँ, भाषा-बोली, संस्कार और मूल्य, सभी हाशिए पर सरकते हुए महसूस होते हैं।

व्यक्ति के भाव और संवेदनाएँ ही जब हाशिए पर आने लगें, तब उथले विचारों की सेंधमारी होना बहुत स्वाभाविक है। ऐसे में सुख पाने के तरीकों में खोखलापन स्वतः ही आ जाता है। जब कृत्रिमता ओढ़कर सुख की परिभाषाएँ बदलती हैं, अवसाद भी चुपके से जीवन में दाखिल हो जाता है।

ऐसे में एक सजग और सचेत लेखक के लिए समाज की पीड़ा उसकी अपनी पीड़ा बन जाती है। उसका आंतरिक संघर्ष, मनन और चिंतन लिखने पर मजबूर कर देता है। लेखक की संवेदनशीलता जितनी गहरी होगी, उसकी अनुभूतियों की तीव्रता उतनी ही मारक होगी। एक लेखक के रूप में मैंने ऐसा बहुत बार महसूस किया है।

मेरा कार्यक्षेत्र मरीजों की काउंसलिंग से जुड़ा रहा। लोगों की पीड़ा और परेशानियों को बहुत करीब से जाना और महसूस किया। इसी से मेरे लेखन को विस्तार भी मिला।

इस संग्रह की कहानियों के पात्र हर वर्ग, लिंग और आयु के हैं। जब

वह अपनी-अपनी परिपक्वताओं के अनुसार आज के संदर्भ में समस्याओं के समाधान खोजने की कोशिश करते हैं, तब वह अपनी सशक्तता और सचेतता का परिचय देते हैं। आज के संदर्भ में उनकी मन:स्थिति, जरूरतों, चाहतों और पीड़ाओं को मैंने विभिन्न कथानकों के माध्यम से पाठकों के सामने लाने की कोशिश की है, ताकि आम जन की बात जन-जन तक पहुँच सके। जहाँ बहुत कुछ टूटा है या टूट रहा है; उसकी मरम्मत भी की जा सके। यही लेखक की जिम्मेदारी से जुड़ा कर्म है। यही आज के परिवर्तनशील समाज की जरूरत भी है। मैं स्त्री-विमर्श के साथ पुरुष-विमर्श की भी पक्षधर हूँ।

मेरी कहानियों के पात्र विषम परिस्थितियों में मैदान छोड़कर भागते नहीं हैं, बल्कि जूझते हैं। प्रेम हो या कोई भी कर्म-क्षेत्र, व्यक्ति का विवेकी, सजग और सचेत रहना सबसे ज्यादा जरूरी है। मेरी कोशिश रहती है कि पात्र मजबूती से अपने मन की बात रख सकें और अपने निर्णयों पर अटल रह सकें। असंख्य परेशानियाँ आएँ, मगर विचलन न हो। मेरा ऐसा मानना है कि स्त्री हो या पुरुष, उसे अपनी सफलता को साधना आना चाहिए।

मेरे दृष्टिकोण में जब एक कहानी बहुत समय तक याद रखी जाती है, वह कालजयी कहानी बन जाती है। पाठकों को मेरी कहानियाँ सोचने पर मजबूर करें; ऐसी मेरी मंशा रहती है।

इस संग्रह की सभी कहानियाँ प्रतिष्ठित साहित्यिक पत्रिकाओं—हंस, आजकल, भवंस नवनीत, निकट, वर्तमान साहित्य, किस्सा, अंशु प्रेरणा, कथा समवेत, अभिनव इमरोज़, सरस्वती सुमन, सोच विचार और भारतीय रेल इत्यादि में प्रकाशित या स्वीकृत हैं। संग्रह की शीर्षक कहानी पर शोध भी हुआ।

पूर्व में प्रकाशित पहले कहानी-संग्रह 'स्टेपल्ड पर्चियाँ' पर भी शोध हुआ। राजस्थान सिंधी अकादमी द्वारा उसका अनुवाद करवाया गया है।

अपने परिवार के सभी सदस्यों की दिल से आभारी हूँ, जिन्होंने मेरे पैशन का मान रखा। लब्धप्रतिष्ठित प्रभात प्रकाशन की हार्दिक आभारी हूँ, जिन्होंने कहानियों का संग्रह के रूप में प्रकाशन कर पाठकों तक पहुँचाया।

एक लेखक के रूप में मैं भी आम इनसान की तरह त्रुटियाँ कर सकती हूँ। आशा है, पाठक उन त्रुटियों को नजरअंदाज करेंगे। अब मेरा संग्रह पाठकों के हाथ में है। उनकी शुभकामनाओं की कामना के साथ अपनी बात पर विराम देती हूँ।

—प्रगति गुप्ता

अनुक्रम

अधूरी समाप्ति

साक्षी पिछले तीन दिनों से क्षणिक का कोई फोन या मैसेज न आने से बहुत परेशान थी। वह अपने मोबाइल को बार-बार उठाकर ऑन बटन को दबाकर खोलती और स्क्रीन पर अपनी खोजती आँखों से रोशनी के बंद होने तक ऐसे ताकती कि बस क्षणिक का चेहरा एक बार वीडियो कॉल पर दिखाई दे जाए!

वह न जाने कितनी बार उसे फोन लगा चुकी थी, मगर क्षणिक के मोबाइल की घंटी लगातार बजकर बंद हो रही थी। ऐसे में उसकी सलामती की खबर मिलना साक्षी के लिए संजीवनी जैसा होता।

मोबाइल का डिस्प्ले ऑफ वन मिनट सेट होने से रोशनी तो उस अंतराल में बंद हो जाती, मगर साक्षी का दिमाग सिर्फ और सिर्फ क्षणिक को बार-बार खोजना चाहता। गुजरे हुए दिनों में उसने भरपेट लंच या डिनर खाया हो, उसे याद नही आता।

कोरोना की दूसरी लहर में सब जगह बुरा हाल था। बड़े शहरों में किसी अपने बीमार रिश्तेदार को खोजना आसान काम नही था। विभिन्न समाचार-पत्र गवाह थे कि कब कोई बीमारी से ग्रस्त होकर एक अस्पताल में दाखिल होता; और कब उसके गुजर जाने की खबर किसी दूसरे अस्पताल से आती…

"अपने मरीज की देह को कोरोना गाइड लाइन की पालना करते हुए लेकर जाएँ।"

अधिकांशतः तो देह जिस तरह पैक होकर मिलती, उसका दाह संस्कार कर दिया जाता। किन्हीं कारणों से कभी मृतक का चेहरा खुल जाता तो कुछ

मामलों में किसी और व्यक्ति की भी देह निकली। टी.वी. और समाचार-पत्रों में आने वाली ऐसी खबरों ने साक्षी को भयभीत कर रखा था।

साक्षी और क्षणिक की दोस्ती कोरोना की पहली लहर के दौरान ही हुई थी। साक्षी के एफ.बी. फ्रैंड्स लिस्ट में क्षणिक किसी दोस्त का दोस्त था। कोरोनाकाल में वह लोगों का मसीहा बना हुआ था। एक दिन साक्षी ने जैसे ही क्षणिक की डाली हुई पोस्ट पर कमेंट किया; उसकी फ्रेंड रिक्वेस्ट आ गई। साक्षी को उस समय की भयावहता में क्षणिक की बातें ठंडी बयार-सी महसूस हुई थीं। छह महीने में ही दोनों की बातचीत में प्रेम के अंकुर फूटकर पनपने लगे।

दोनों ही अच्छी कंपनी में काम कर रहे थे, हालाँकि अलग-अलग शहरों में काम करने से उनका मिलना नहीं हुआ, मगर बातचीत में आत्मीयता बढ़ जाने से फोन पर ही बात करने का सिलसिला दिनोदिन बढ़ता जा रहा था। दिन में एक बार उनकी वीडियो कॉल पर बात होना तय था।

साक्षी को क्षणिक के परिवार के बारे में बहुत ज्यादा पता नहीं था, मगर बातों से उसका किसी संपन्न परिवार से होने का पता चल गया था।

एक दिन साक्षी को अकस्मात् क्षणिक के कोरोना पॉजिटिव आने से अस्पताल में दाखिल होने का पता चला। कोरोना के मरीजों की मदद करते-करते कब वह भी उसकी चपेटे में आ गया; उसे खुद देरी से पता चला।

शुरुआत में उसके शरीर में बुखार जैसे कोई लक्षण न आने से वह सोच ही नहीं पाया कि उसे भी बीमारी ने घेर लिया है! जब काम करते हुए उसका दम फूलने लगा, उसने डॉक्टर के कहने पर सी.टी. चेस्ट करवाया। रिपोर्ट आने पर जब फेफड़ों में कई पैच होने का पता चला, उसे अस्पताल में भरती होना पड़ा।

साक्षी हर रोज ही उससे बातें कर रही थी; मगर तीसरे-चौथे दिन के बाद उसके मैसेज आने कम हो गए। क्षणिक की तबीयत जब ज्यादा बिगड़ी; उसने ही दूसरे अस्पताल में शिफ्ट किए जाने की सूचना दी, मगर किस अस्पताल में, यह क्षणिक ने नही बताया, क्योंकि शिफ्टिंग के वक्त वह होश में नहीं था।

उसके होश में आने के बाद बहुत कम बात होने से साक्षी को नाममात्र की ही जानकारी मिली।

ऐसे में साक्षी के लिए उसे शहर के विभिन्न अस्पताल में खोजना आसान नहीं था। नर्सिंग स्टाफ व डॉक्टर मरीजों की जान बचाने के लिए अठारह से बीस घंटे काम कर रहे थे। वे मरीजों के रिश्तेदारों को पूरी सूचना या जानकारी देने में असमर्थ थे।

जैसे-जैसे दिन गुजर रहे थे, साक्षी की चिंताएँ लगातार बढ़ रही थीं। छह-सात दिन बाद एक दिन अचानक जैसे ही साक्षी के पास क्षणिक का मैसेज आया; उसका तनाव मुसकराहट में बदल गया···

"कैसी हो साक्षी? जानता हूँ, मेरी तबीयत को लेकर परेशान होगी। लगातार ऑक्सीजन कॉन्सेंट्रेटर पर होने से बहुत कमजोरी थी, फोन की ओर देखने का मन ही नहीं हुआ। आज जब फोन खोला तो तुम्हारे ढेर सारे नए व पुराने मैसेज बार-बार पढ़ें।"

"क्षणिक! बहुत परेशान हो गई थी मैं। न कोई फोन; न कोई रिप्लाई? तुम अभी कहाँ हो? क्या मैं तुमसे मिलने आ सकती हूँ? तुमने अपनी मम्मा को फोन कर दिया? वह भी परेशान होंगी।"

क्षणिक ने साक्षी के मैसेज का काफी देर तक कोई जवाब नहीं दिया। साक्षी की निगाहें एकटक मोबाइल की स्क्रीन पर टिकी हुई थीं। क्षणिक की खामोशी साक्षी की चिंता बढ़ाने लगी थी। मोबाइल स्क्रीन पर टाइपिंग जैसा शब्द भी नहीं दिख रहा था। जब क्षणिक का कोई भी मैसेज काफी देर तक ब्लिंक नहीं हुआ, तो साक्षी ने वापस मैसेज भेजा···

"क्या हुआ है क्षणिक? तुम ठीक तो हो?"

तभी अचानक क्षणिक का मैसेज आया···

"मैं उन्हें अपनी बीमारी की भयावहता बताने का सोच ही नही पाया, अगर फोन करता तो पापा मेरे पास ही पहुँच जाते। फिर उन्हें इस इंफेक्शन से कैसे बचाता?"

"ओह! पर तुम्हें इनफॉर्म तो करना चाहिए था!"

"मैंने उन्हें भी अभी फैमिली ग्रुप पर मैसेज किया है।"

"तुमने उन्हें भी फोन नहीं किया? मैसेज ही किया? क्यों? तुम्हारी बीमारी का सुनकर वह क्या बोलीं?"

"फोन करने की हिम्मत नही हुई। सच बताना इतना आसान नही होता।"

क्षणिक ने अपना मैसेज लिखकर बहुत सारे डॉट लगाकर छोड़ दिए थे। साक्षी को अचानक ध्यान आया कि क्षणिक अपने पिता की बात कर रहा है, मगर साक्षी उसकी माँ के बारे में पूछ रही है।

साक्षी को एकाएक समाचार-पत्र में छपे विशेषज्ञों द्वारा किए गए कोरोना से जुड़े शोध ने सचेत किया, जिसमें उसने ब्रेन फॉग के बारे में पढ़ा था। शोधानुसार कोरोना काफी मरीजों के दिमाग पर भी असर डाल रहा है; पाया गया था। इस बीमारी में मरीजों को बातें और चीजें भूलने की समस्या होती है।

ज्यों ही साक्षी को लगा क्षणिक अभी पूरी तरह ठीक नहीं है; वह अपनी बातचीत में सावधानी बरतने लगी। क्षणिक के साथ कुछ गड़बड़ है, इस बात का खयाल आते ही साक्षी एकाएक चिंतित होकर पूछ बैठी—

"मुझसे कब बात करोगे?"

जब क्षणिक की ओर से कोई मैसेज नहीं आया, साक्षी ने एक और मैसेज लिखकर भेज दिया—

"क्षणिक! हम हर रोज एक बार तो वीडियो कॉल पर बात करते ही थे, इतने दिन बाद भी तुमने वीडियो कॉल नहीं किया? तुम्हें देखे हुए अरसा हो गया है। गुजरे हुए दिनों में तुम्हारे बारे में सोच-सोचकर बहुत परेशान हुई हूँ। सच-सच बताना, तुम्हारी तबीयत अब ठीक तो है?"

जब क्षणिक ने इस मैसेज का कोई जवाब नहीं दिया; साक्षी एकाएक ही खौफ की गिरफ्त में आ गई। अकस्मात् उसे लगा, कहीं क्षणिक को ब्रेन फॉग तो नहीं हो गया? अगर बीमारी की वजह से क्षणिक को उसकी बातें और शक्ल याद नहीं रहे तो वह उसके बिना कैसे रहेगी? जब काफी देर तक दूसरी ओर खामोशी छाई रही; क्षणिक के ऑनलाइन दिखने पर भी कोई मैसेज नहीं आया; साक्षी की घबराहट और ज्यादा बढ़ने लगी।

जैसे ही उसने वीडियो कॉल लगाया, फोन बस डायलिंग दिखाने लगा;

रिंगिंग जैसा कुछ भी लिखा हुआ नहीं आया। शायद उसकी तरफ के सिग्नल जा चुके थे। उसके बाद सामान्य फोन लगाने पर भी फोन नहीं लगा; बस आउट ऑफ रीच आता रहा।

साक्षी ने फोन लगाने की बजाय क्षणिक को व्हाट्सएप्प मैसेज ही लिखकर डाल दिया···

'प्लीज! जब भी थोड़ा-सा ठीक महसूस करो; कॉल करना। मुझे तुम्हारी आवाज सुननी है; मेरा जी बहुत घबरा रहा है।'

साक्षी के पास क्षणिक का अगले दो दिन तक न कोई जवाब नही आया, न ही उसने कोई फोन किया। साक्षी ने जानबूझकर व्हाट्सएप्प पर अपनी पीड़ा लिखकर भेजी थी, ताकि उसे क्षणिक के मैसेज पढ़ने की सूचना तो टिक्स के ब्लू हो जाने से मिल जाए! तीन दिन गुजरने के बाद एक दिन अचानक किसी दूसरे नंबर से मैसेज आया···

"मेरा सिम खराब हो गया है। मुझे नया नंबर लेना पड़ा। अब इसी नंबर से बात करूँगा।"

क्षणिक की इस बात ने साक्षी को फिर से संशय में डाल दिया तो वह पूछ बैठी—

"सिम करेप्ट होने पर उसी नंबर का नया सिम मिल जाता है, फिर नंबर बदलने की क्या जरूरत थी?"

'अस्पताल में नया सिम मँगवाना आसान था।' अपनी बात इस तरह लिखकर क्षणिक ने फिर से अपनी बात पर फुल स्टॉप लगा दिया। साक्षी को क्षणिक का कोई भी जवाब संतुष्टि नहीं दे रहा था।

साक्षी उसकी बीमारी की वजह से परेशान थी। उसकी क्षणिक से अगर लंबी बात होती; तभी वह कुछ अधिक पूछ पाती। क्षणिक तो चंद बातें लिखकर बार-बार शांत हो जाता था। जितनी बार भी उसने फोन करने की कोशिश की, वह या तो फोन काट देता या कट जाता।

अगले दिन साक्षी ने जैसे ही मोबाइल खोला, उसे क्षणिक के काफी मैसेज दिखाई दिए। एक बार को तो उसके चेहरे पर मुसकान फैल गई, मगर जैसे ही उसने मैसेज पढ़ने शुरू किए, उसके रोंगटे खड़े होते गए···

क्षणिक आज से कुछ दिनों पहले ही मर चुका है। मैं कौन हूँ? इससे तुम्हें कोई फर्क नहीं पड़ेगा। मरने से पहले बस तुमसे पश्चाताप करना चाहता हूँ, क्योंकि अनजान लोगों के सामने प्रायश्चित करना आसान होता है।

जब मौत को अपने पास खड़ा हुआ देख रहा हूँ, होश में आया हूँ। आज से कुछ दिन पहले तुम्हारा दोस्त खराब हालात में यहाँ आया था। मैं उस वक्त काफी सही हालात में था। मुझे अपने ठीक होने की पूरी उम्मीद थी, क्योंकि डॉक्टर्स की बातचीत से मेरी तबीयत में सुधार होने का पता चला।

मैंने एक बार उसे तुमसे बात करते हुए सुना। उसका महँगा फोन देखकर मेरे मन में लालच जाग गया और मैं उसके मरने का इंतजार करने लगा। मेरे पास कभी भी इतना रुपया नहीं रहा कि लाख रुपए का फोन खरीद सकूँ।

मुझे बस मौके की तलाश थी; कब वह अंतिम साँस ले और मैं··· भगवान् से मैं लगातार यही माँग रहा था, बस मुझे बगल के बिस्तर वाले का फोन मिल जाए! मैंने बेईमानी और बदमाशी करके ही अपना जीवन गुजारा है। मैं पढ़ा-लिखा बेरोजगार वो युवा हूँ, जिसने लोगों को धोखा देकर ही रुपया कमाया है।

मैंने तो अपने माँ-बाप को ही नहीं छोड़ा। उनके झूठे साइन बनाकर अपने भाई-बहन को धोखा दिया। जो इनसान अपने रक्त-संबंधियों का सगा नहीं रहा, वह अनजान व्यक्ति को तो दगा दे ही सकता है न!

माँ-बाप ने मुझसे रिश्ता बहुत समय पहले तोड़ लिया था। जब पुलिस किसी-न-किसी अपराधिक गतिविधि से जुड़ा होने के कारण मुझे जेल लेकर जाने लगी थी; वे कभी छुड़ाने नहीं आए। पुलिसवाले खुद ही हारकर मुझे छोड़ देते थे। छोटे-मोटे अपराध करनेवालों को पुलिस भी कब तक जेल में रखती? पुलिसवालों के लिए अपराधियों के खाने-पीने का इंतजाम करना आसान नहीं होता। हम जैसे लोग तो खाते भी बहुत हैं। जेलों में लगातार बढ़ते हुए अपराधियों की जरूरतों को पूरा कर पाना, सरकार के बस की बात नहीं।

जैसे-जैसे बगल के बिस्तर पर लेटा हुआ तुम्हारा मित्र धीमे-धीमे शांत होता गया···मुझे उसका फोन हथियाने में समय नहीं लगा। एक रोज उसके

बेसुध होते ही मैंने उसके थम इम्प्रेशन से मोबाइल चुपके से खोलकर पासवर्ड बदला और व्हाट्सप्प के सारे मैसेज पढ़े। चुपके-चुपके दूसरों के मोबाइल के मैसेज पढ़ना मेरा पुराना शौक रहा है। कॉलेज में भी दोस्तों के मैसेज पढ़कर उनको ब्लैकमेल करना, मुझे खुशियाँ देता था।

तुम्हारे दोस्त का नाम मुझे उसके स्क्रीन से ही पता चला। उसके नाम की पुष्टि तुम्हारे लिखे व्हाट्सप्प संदेशों से हुई। पिछले दिनों तुम्हारे पास जो भी संदेश लिखकर आए; उन्हें लिखनेवाला मैं था। तुम दोनों की चैट ने मुझे बहुत लुभाया, तभी मैं तुमसे बात करने का मोह नहीं छोड़ पाया।

जैसे ही साक्षी को क्षणिक के जाने की खबर मिली; वह फूट-फूटकर रो उठी। मैसेज करनेवाले की सच्चाई खुलने से उसे घबराहट ने दबोच लिया। उसके हाथ अब आगे के मैसेज पढ़ते हुए बुरी तरह काँपने लगे थे...

सबसे पहले यहाँ के नर्सिंग स्टाफ को कुछ रुपए देकर नया सिम मँगवाया, ताकि मैं तुम्हें भी धोखा दे सकूँ, मगर...सिम मिलने के अगले ही दिन मेरी तबीयत भी तुम्हारे दोस्त की ही तरह ज्यादा खराब होने लगी और...

अब मौत को अपने बहुत करीब देख रहा हूँ। चूँकि कुछ दिनों से सिर्फ तुमसे ही बात हुई है, तो सोचा, अपने अपराधों का पछतावा तुमसे ही कर लूँ! आज मेरा ऑक्सीजन लेवल काफी कम हो गया है...लिखने में बहुत दिक्कत आ रही है।

इस अस्पताल में मरीजों की संख्या दिनोदिन बढ़ रही है। मुझे नहीं लगता कोई मुझे वेंटिलेटर पर लेगा! मेरा मरना तय है...किस दिन मरूँगा, पता नहीं है, मगर यहाँ भरती कोरोना के मरीज मेरे जैसे दुष्ट इनसान को भी दहशत में डाल रहे है। एक-एक दिन में कई-कई मरीजों की देह उठाई जा रही है। पता नहीं इन लोगों को कोई लेने भी आ रहा है या नहीं...यहाँ सब मरेंगे एक-एक कर...किसी रोज मैं भी। फोन चोरी करते वक्त मुझे पूरी उम्मीद थी कि मैं यहाँ से ठीक होकर लौटूँगा। मैं भी मौत को हराने चला था, मगर...

तुम न सिर्फ अच्छी लड़की हो, बल्कि होशियार भी हो। आज नहीं तो कल, मेरी चोरी पकड़ ही लेतीं। तुम्हारे सवालों के जवाब और कितने दिन दे

पाता ? क्षणिक भी अच्छा लड़का था। उसके मोबाइल में मेरे मोबाइल के जैसे किसी भी तरह का कचरा नहीं भरा था। मैंने उसके दूसरे मैसेज भी पढ़े थे।

सिम चेंज करने से पहले उसके फैमिली नाम से सेव किए हुए ग्रुप पर उसके मरने की सूचना डाल दी थी, ताकि वे लोग इंतजार नहीं करें, मगर मरने से पहले तुम्हें मैसेज कर अपने पापों का बोझ हल्का करने का मन हुआ, वही मैंने किया।

इन संदेशों को पढ़ने के बाद साक्षी समझ गई थी, क्यों यह अनजान व्यक्ति पिता के अस्पताल आने की बात कर रहा था। क्षणिक के पिता की मृत्यु कुछ समय पूर्व ही होने से उनका नंबर फैमिली ग्रुप से हटाया नहीं गया था। और यह शख्स फैमिली ग्रुप के मैसेज पढ़ने के बाद क्षणिक के पिता के न होने का अंदाज नहीं लगा पाया।

क्षणिक के जाने की खबर ने साक्षी को बहुत विचलित कर दिया था, मगर वह इस व्यक्ति के मैसेज अंत तक पढ़ने के लिए मजबूर थी। यह व्यक्ति ही क्षणिक के अंतिम दिनों का साक्षी था। हर मैसेज को दस या पंद्रह मिनट के अंतराल से लिखा गया था। मानसिक रूप से टूटी हुई साक्षी सुबकते हुए आगे लिखे हुए मैसेज पढ़ने लगी…

मैं इस बीमारी से कभी नहीं मर सकता, मेरा विश्वास था। मेरे इसी भरोसे ने लड़के का मोबाइल चोरी करने के लिए उकसाया, मगर मौत ने समय रहते सच का सामना करवा दिया।

मेरा यही मैसेज आखिरी है। इसके बाद इस नंबर से तुम्हारे पास कोई मैसेज नहीं आएगा। जब मैं रहूँगा ही नहीं तो मैसेज कैसे आएगा ? विदा…

अंतिम मैसेज तक पहुँचते-पहुँचते साक्षी की आँखें बुरी तरह बरस पड़ीं। अनजान व्यक्ति के लिखे हुए 'विदा' शब्द के साथ साक्षी को अब क्षणिक को भी विदा करना था।

क्षणिक का जाना उसे तोड़ गया था, मगर इस विषमकाल में कोई ऐसा अपराध भी कर सकता है; उसे अचंभित कर रहा था। उस दिन के बाद उस नंबर पर कभी भी कोई ऑनलाइन नहीं दिखा। क्षणिक का जाना उसके जीवन से प्रेम का पूरी तरह आने से पहले ही जाना था।

साक्षी उस व्यक्ति की अपराधिक प्रवृत्तियों और कृत्यों की गवाह थी, जिन्हें पढ़ना सिर्फ उसके हिस्से में लिखा था। जाते-जाते क्षणिक और वह अनजान बहुत कुछ सोचने के लिए छोड़ गए थे।

साक्षी के मन में प्रेम के बीज अंकुरित होकर पुलकना शुरू ही हुए थे कि वक्त ने अचानक पलटकर कितना कुछ अधूरा ही समाप्त कर दिया था··· या जितना मिलना था···मिला। अब उसे अपने खालीपन के भरने की प्रतीक्षा करनी थी।

□

कुछ यूँ हुआ उस रात

उस रात तिलोत्तमा के मोबाइल की बजती घंटी ने गहराते हुए सन्नाटे के साथ-साथ उसके मन की शांति को भी भंग कर दिया। कुछ देर पहले ही उसकी आँख लगी थी। पल भर तो उसे समझ ही नहीं आया कि मोबाइल की घंटी सच में बज रही है या वह कोई सपना देख रही है! उसने उनींदी आँखों से देखा···रात का एक बज चुका था।

तिलोत्तमा ने अनमने ढंग से बेड-साइड पर रखे हुए अपने मोबाइल को उठाकर हेलो कहने का प्रयास किया ही था कि उसे एक लड़की की आवाज सुनाई दी। फोन करने वाली लड़की शायद कुछ जल्दी में थी। तभी उसने बिना प्रतीक्षा किए बोलना शुरू कर दिया—

"मम्मा···मम्मा! आप प्लीज, मुझसे बात कीजिए। कुछ हो गया है मुझे। मेरे पेट का निचला हिस्सा फोड़े की तरह दुःख रहा है। अभी कुछ सफेद-सफेद गाढ़ा-सा भी निकला है। आप सुन रही हो न मम्मा···आपकी बेटी को बहुत घबराहट हो रही है। नींद भी नहीं आ रही। मेरे पेट में होने वाला तेज दर्द धीरे-धीरे सब जगह फैलता जा रहा है।···मैं ठीक से साँस भी नहीं ले पा रही हूँ। कुछ घुटन-सी महसूस हो रही है।"

तिलोत्तमा को उसकी गहराती हुई आवाज सुनकर खुद के भीतर एक अजीब-सा हौल महसूस हुआ। उसे लगा, कहीं उसके अपने ही पेट में तो दर्द नहीं हो रहा! उसके दाएँ हाथ में मोबाइल था। अनजाने में ही बायाँ हाथ भी रजाई से शरीर को कवर करने के चक्कर में खुद-ब-खुद बाहर आ गया था। भरी सरदी में उसके दोनों हाथ काफी ठंडे हो गए। जैसे ही उसके बाएँ

हाथ ने पेट पर स्पर्श किया, एक झुरझुरी-सी ने भीतर दौड़कर उसे चौकन्ना कर दिया।

तिलोत्तमा को बोलनेवाली लड़की की उम्र पंद्रह-सोलह साल की बच्ची जैसी लग रही थी। लड़की का लड़खड़ाते हुए बोलना उसकी भी साँसों की रफ्तार को घटा-बढ़ाकर असंयत करने लगा। उसका बी.पी. भी कुछ समय से बढ़ा हुआ चल रहा था। फोन की आवाज के साथ तिलोत्तमा का झटके से उठना, उसकी धड़कनें और बढ़ा गया। असमंजस की स्थिति में उसने खुद से प्रश्न किया···

इस वक्त किसका फोन हो सकता है ? कौन उसे मम्मा पुकारकर अपनी बातें बता रहा है ? कहीं उसकी बेटी भव्या ने कोई भयावह सपना तो नहीं देख लिया और वो घबरा गई हो ? बेटी का खयाल आते ही तिलोत्तमा को अपनी साँस हलक में अटकी हुई महसूस हुई। उसने तेजी से उठकर बेटी के कमरे में पहुँचना चाहा। इससे पहले कि वह ऐसा कुछ कर पाती, फोन पर एक बार फिर आवाज सुनाई देने लगी—

"मम्मा ! आप मुझे सुन रही हैं न ? मैं कहीं मरने वाली तो नही हूँ ? मैं मरने से पहले आपसे ढेर-सी बातें करना चाहती हूँ···क्योंकि मरने के बाद··· सिर्फ बातें ही तो रह जाती हैं। मुझे भी तो आपसे कितनी सारी बातें करनी थी।" कुछ देर की चुप्पी के बाद अचानक आवाज़ आई···"प्लीज ! आप फोन मत रख देना।" फिर कुछ समय के लिए खामोशी छा गई।

बच्ची के साथ चल रही बातों का सिलसिला तिलोत्तमा के दिमाग में बार-बार अपनी बेटी का ही खयाल ला रहा था। क्यों भव्या उसके पास नहीं आ रही ?···क्यों वह फोन करके बातें कर रही है ?···जबकि दोनों एक ही घर में हैं !

तिलोत्तमा ने न जाने कितनी बार अपने विचारों को झटककर पुनः सोचने के लिए संयत किया और घड़ी की ओर फिर से देखा। लड़की की बातें सुनते हुए पाँच-सात मिनट गुजर चुके थे।

तिलोत्तमा अब अपने विचारों को समय से जोड़कर सुलझाने की कोशिश करने लगी थी। साढ़े ग्यारह बजे ही उसकी बेटी अपने कमरे में सोने गई थी।

डिनर के बाद काफी देर तक माँ–बेटी हँसी–ठठ्टा करती रही थीं। भव्या के पास स्कूल–कॉलेज की न जाने कितनी बातें सुनाने के लिए होती थीं। अगर भव्या को कोई परेशानी होती तो वह साझा जरूर करती। उनके घर में कोई बंदिश नहीं थी। फिर यह क्या हो रहा है?···आने वाले फोन पर बच्ची का संबोधन मम्मा होने से तिलोत्तमा असमंजस की स्थिति में आ गई थी।

तिलोत्तमा ने फोन हाथ में लिये–लिये ही अपने पैर रजाई से बाहर निकाल लिये, ताकि चप्पल पहनकर बात करते हुए बेटी के कमरे तक पहुँच सके। उसके अंदर गहराता हुआ डर फोन काटने नहीं दे रहा था। वह बेटी को सही–सलामत देखकर निश्चिंत हो जाना चाहती थी। इंतजार का एक–एक पल बहुत भारी पड़ रहा था। साथ ही वह फोन पर भी बात करते रहना चाहती थी, ताकि संवाद न टूटे। तिलोत्तमा ने दोनों के बीच छाई हुई खामोशी को तोड़ते हुए पूछा—

"भव्या! क्या हुआ है तुम्हें? तुम ठीक तो हो बेटा!···क्यों इतनी घबराई हुई हो? मैं बस आ ही रही हूँ तुम्हारे पास···बिल्कुल परेशान मत होना।"

उसने शायद तिलोत्तमा की कही हुई बातों पर ज्यादा ध्यान नहीं दिया। वह अपनी बात कहे जा रही थी···

"मम्मा! आप सिर्फ बातें करती रहो।···अगर आप मेरे पास आओगी तो मैं भाग जाऊँगी।···फिर कभी लौटकर वापस नहीं आऊँगी।"

अनायास बेटी के भागने वाली बात सुनकर तिलोत्तमा को भरी सरदी में भी पसीना आ गया। उसका दिल धौंकनी की तरह जोर–जोर से धड़कने लगा। उसने फिर से अपने पैर रजाई में वापस खींच लिये और अपने माथे के पसीने को पोंछते हुए कहा—

"कहाँ भागकर जाओगी बेटा?···कहीं नहीं जाना है। अपना घर छोड़कर कोई जाता है क्या? मैं एक मिनट में आती हूँ।"

तिलोत्तमा ने अब पुनः रजाई से पैर निकालकर चप्पल पहनने का सोचा। बगैर विलंब किए वह अपनी बेटी के कमरे में पहुँचना चाहती थी। तभी फोन पर आवाज आई···

"आप प्लीज···मेरे पास मत आना।···मैं नंगू हूँ।···मैंने नीचे कुछ भी नहीं

पहना हुआ है। मेरे कपड़े गंदे हो गए थे। मैंने अपने कपड़े उतारकर डस्टबिन में डाल दिए हैं। मैं नहीं चाहती हूँ कि आप मुझे ऐसे देखो। आप परेशान हो जाओगी। मुझे बहुत डर लग रहा है।···मेरे साथ यह क्या हो रहा है मम्मा?"

बच्ची की आवाज में घुला हुआ भय तिलोत्तमा को भी भयभीत करने लगा था। तिलोत्तमा के हाथ-पाँव भय से ठंडे होने लगे थे।

"तुम नंगू हो···कोई बात नहीं बेटा। कोई भी निर्णय लेने से पहले एक बार आकर, मुझसे बातें करो।"

तिलोत्तमा अब लगभग गिड़गिड़ा ही पड़ी थी। बेटी की सलामती की चिंता ने उसे गिड़गिड़ाने पर मजबूर कर दिया था। तिलोत्तमा को डर खाए जा रहा था, बेटी कहीं कोई गलत निर्णय न ले ले! जैसे ही तिलोत्तमा ने वापस हैलो कहा, फोन कट चुका था। अब तिलोत्तमा के दिल और दिमाग पर बुरे-बुरे खयाल कब्जा करने लगे। तभी तिलोत्तमा के मन में विचार उठा···कहीं भव्या ने कोई नशा तो नहीं कर लिया? उसके बात करने के अंदाज से लग रहा था कि वह नशे में है।

कुछ पलों बाद मोबाइल की घंटी दोबारा बजने से तिलोत्तमा के विचारों की शृंखला टूटी।···फोन उठाते ही बच्ची की आवाज आई···

"आपने फोन क्यों काट दिया था? आप मुझे छोड़कर क्यों चली गईं? आपने क्यों नहीं सोचा···आपकी बेटी आपके बिना कैसे रहेगी?···मुझे अपने कमरे में बहुत डर लगता है मम्मा। कहीं मैं भी आपकी तरह खुद को खत्म न कर लूँ!"

"पर बेटा! मैं तो जिंदा हूँ···तुम मुझसे ही तो बात कर रही हो।···कुछ नहीं होगा तुम्हें।"

तिलोत्तमा को बच्ची की बातों ने फिलहाल पूरी तरह पगला दिया था। इसी उधेड़-बुन में तिलोत्तमा अपने पास रखी बोतल का पूरा पानी गटक चुकी थी। अब उसकी नींद पूरी तरह उड़ गई थी। वह अपने बिस्तर पर ही तकिए की टेक लगाकर बैठ गई। न तो बच्ची फोन रख रही थी···न ही तिलोत्तमा को फोन रखने दे रही थी। न ही वह बेटी के कमरे तक पहुँच पा रही थी।

खौफ में होने से फोन पर आने वाली आवाज उसे बिल्कुल भव्या की

आवाज–सी ही लग रही थी। उसके दिल और दिमाग में अजब–सी जंग छिड़ी हुई थी। दिल फोनवाली बच्ची को बेटी समझ रहा था और दिमाग इस बात को मानने के लिए तैयार नहीं था। फिर तिलोत्तमा ने मन–ही–मन तय कर लिया कि यह उसकी अपनी बेटी नहीं हो सकती। उसने बच्ची से पूछा—

"तुम क्यों इतनी परेशान हो? तुमने कोई नशा किया है क्या? तुम्हारे माँ–पापा कहाँ हैं? किस क्लास में पढ़ती हो?"

बच्ची ने तिलोत्तमा की किसी भी बात का पूरा जवाब नहीं दिया।

"मेरे मम्मा और पापा? आपको नहीं पता कि आपकी बेटी नवीं कक्षा में आ गई है। जब आप मुझे कोचिंग के लिए कोटा छोड़ने आई थीं, मुझे अच्छा नहीं लग रहा था। मैं आपके बगैर नहीं रहना चाहती थी मम्मा। पर आपकी जिद थी···मैं अपना कॅरियर बनाऊँ। जल्दी ही सेटल हो जाऊँ। यहाँ आने के बाद मेरा एक दोस्त बन गया था। वह कोटा में पिछले तीन सालों से मेडिकल की तैयारी कर रहा है। उसने मेरी बहुत मदद की। मैंने उसे आप दोनों के झगड़ों के बारे में भी बता दिया। जब आप दोनों आपसी झगड़ों में मेरे से भी बात करना छोड़ देते थे, मेरा मन बहुत दुःखता था। मैं बहुत रोती थी, रात–रात भर सो नहीं पाती थी।"

कुछ देर के लिए वह रुकी और दोबारा अपनी बात कहने लगी—

"एक–दूसरे पर लगाया हुआ आपका हर थप्पड़, मेरे गाल पर लगता था। मैं सारी–सारी रात अपने बदन पर आप दोनों की हाथापाई को महसूस करती थी। सॉरी मम्मा···मुझे किसी अनजान को अपने घर की बातें नहीं बतानी चाहिए थीं। आप ही बताइए, मैं अपनी बातें उसे न बताती तो किसे बताती? पर यह सब आपको कैसे पता होगा? तीन महीने पहले आपने तो···कोई अपनी बेटी को अकेला छोड़कर जाता है क्या?"

एक लंबी चुप्पी के बाद उसने अपनी बात पूरी की—

"मम्मा! आपको पता है···मेरे दोस्त ने मेरे साथ जबरदस्ती···शायद उसी वजह से"···अपनी बात फिर से अधूरी छोड़कर वह चुप हो गई।

बच्ची की आवाज की लड़खड़ाहट तिलोत्तमा को भीतर ही भीतर बेचैन कर रही थी। उसकी बातों के सिरे उलटे–सीधे थे। बच्ची का अटक–अटककर

टुकड़ों में अपनी बातें बताना या दोहराव करना, उसके नशे में होने को पुख्ता कर रहा था।

कैशोर्य अवस्था में होने वाले परिवर्तनों ने उसे परेशान कर दिया था। घर के माहौल से चोटिल बच्ची ने भटककर कुछ ज्यादा ही नशा कर लिया था। तभी वह अपनी समस्याएँ घर के लोगों की बजाए अनजान लोगों से साझा कर रही थी। तिलोत्तमा के लिए बच्ची अभी भी एक रहस्य थी। तिलोत्तमा ने बात आगे बढ़ाते हुए कहा—

"अपनी बातें खुलकर कहो बेटा। मम्मा कहा है न मुझे।" अब शायद उसने तिलोत्तमा की बात सुनी थी। तभी वह बोली—

"पर आप कैसे सुन पाओगी मेरी बात? तीन महीने पहले आपने।··· आपने पापा की रिवॉल्वर से खुद को गोली क्यों मार ली थी? आपने अपनी बेटी का नहीं सोचा? पापा आपको प्यार नहीं करते थे, पर मैं तो करती थी! आपके जाते ही पापा ने दूसरी···हम दोनों ही पापा के जीवन में काँटा थे मम्मा। तभी तो दूसरी शादी करने के बाद वह मुझसे कभी मिलने नहीं आए।"

अचानक फोन फिर से कट गया। नशे की हालत में बच्ची से शायद फोन बार-बार गलती से कट रहा था। कुछ पल बाद ही वापस फोन की घंटी बजते ही तिलोत्तमा ने जैसे ही फोन उठाया तो बच्ची की आवाज आई—

"मम्मा! प्लीज, आप मुझे सुला दो न! पिछले पाँच दिनों से मैं सोई नहीं हूँ। वह मेरा दोस्त है न···उसने मुझे कुछ गोलियाँ दी थीं, ताकि मैं सो सकूँ। आज जब एक गोली खाने के बाद भी मुझे नींद नहीं आई तो मैंने एक साथ दो गोलियाँ और खा लीं। मुझे बहुत घबराहट हो रही है। अगर मैं गोली नहीं खाती तो आपकी ही तरह कुछ कर लेती।"

फिर एक लंबी साँस लेकर वह आगे बोली—

"मम्मा, मेरे मना करने के बावजूद मेरा दोस्त मुझे कोई पाउडर खिलाता रहता था, कभी कुछ गोलियाँ···आप ही बताइए भला किसको बताती यह सब बातें? मुझे लगता है, जैसे ही मेरी आँखें बंद होगी, मैं फिर कभी नहीं उठूँगी। इसलिए मैं पूरी-पूरी रात आँखें खोलकर पड़ी रहती हूँ।"

इतनी छोटी बच्ची के नशा करने की बात स्वीकारते ही तिलोत्तमा की आँखें नम हो गईं।

"बेटा! तुम्हें कोई बड़ी बीमारी नहीं है। सब ठीक हो जाएगा। थोड़ी देर सो जाओ।"

"मैं सो जाऊँगी मम्मा। प्लीज, आप मेरे साथ रहना···आप रहोगी न मेरे साथ?"

"हाँ बेटा! मैं रहूँगी तुम्हारे साथ। तुमने खाना तो खा लिया था न?"

"मुझे अपने हॉस्टल का खाना अच्छा नहीं लगता मम्मा। मुझे आपके हाथ का बनाया हुआ खाना बहुत अच्छा लगता था। आप बहुत याद आती हो मम्मा। आपको पता है···पिछले तीन दिनों से मैं कॉलेज भी नहीं गई?"

"तुम कॉलेज क्यों नहीं गई बेटा? सुनो अब पाउडर या गोलियाँ मत खाना। मैं तुम्हारे साथ हूँ न!" सिर्फ 'हम्म' बोलकर बच्ची चुप हो गई।

लगभग चालीस मिनट की बातचीत के बाद तिलोत्तमा को काफी कुछ समझ आ गया था। बच्ची भी अपनी बातें बताकर शायद हल्की हो गई थी। जब बहुत देर तक कोई आवाज या फोन नहीं आया तो तिलोत्तमा को लगा बच्ची सो गई है।

इसी बीच तिलोत्तमा के लगातार बोलने की आवाजें, जब सोई हुई भव्या तक पहुँची, वह अपने कमरे से निकलकर तिलोत्तमा के सामने पहुँच गई।

"मम्मा!···मम्मा क्या हुआ है? इतनी रात को आप हाथ में फोन लिये क्यों बैठी हैं? क्या किसी का फोन आया था?"

तिलोत्तमा अभी भी बच्ची की बातों में खोई हुई थी। जैसे ही उसने भव्या को देखा, उसके शब्द मुँह में ही गुम हो गए। भव्या को सही सलामत देखकर उसने बिस्तर से उठकर भव्या को कसकर गले लगा लिया और रुआँसी हो आई।

भव्या ने तिलोत्तमा से पूछा—

"आपके चेहरे पर हवाइयाँ क्यों उड़ रही हैं मम्मा? आपकी तबीयत ठीक तो है?"

अनायास ही भव्या भी माँ के लिए चिंतित हो उठी थी। तिलोत्तमा ने जैसे

ही फोन को वापस कान पर लगाकर हेलो किया, फोन कट चुका था। उसने फोन पर हुई बातें भव्या को बताईं।

"गलत नंबर लग गया होगा मम्मा। अब आप भी सो जाइए। पापा भी बाहर गए हुए हैं। अगर आप कहें तो मैं आपके पास ही सो जाती हूँ। आपकी नींद पूरी नहीं हुई तो बी.पी. बढ़ जाएगा।" भव्या ने प्यार से तिलोत्तमा को कहा।

"मैं ठीक हूँ बेटा। तुम चिंता मत करो। अपने कमरे में सोने जाओ। तुम्हें कल कॉलेज भी जाना है।"

तिलोत्तमा के कहने से भव्या सोने चली गई, मगर तिलोत्तमा के दिलो-दिमाग से बच्ची की आवाज हट नहीं रही थी। न जाने क्यों उसे बार-बार लग रहा था, बच्ची का फोन एक बार फिर आएगा! बच्ची का मम्मा कहकर बातें करना, सारी रात उसकी नींद में विघ्न डालता रहा।

जैसे-तैसे पूरी रात और फिर दिन भी निकल गया। सारा दिन उस बच्ची की आवाजें तिलोत्तमा के दिमाग में गूँजती रहीं। नशे की ओवरडोज होने से बच्ची ने गफलत में अपनी माँ के नंबर को डायल किया होगा और फोन तिलोत्तमा के नंबर पर लग गया होगा! दिन भर तिलोत्तमा बच्ची की बातों के सिरों को बाँधने की कोशिश में लगी रही।

अगली शाम तक तिलोत्तमा के पास बच्ची का फोन दोबारा नहीं आया। वह उसके बारे में सोच-सोचकर बेचैन हो उठी और थक-हारकर उसने फोन लगा लिया।

बच्ची ने फोन उठाते ही खीजते हुए कहा—

"कौन बोल रही हैं आप?…मेरी नींद खराब कर दी आपने।"

"कल रात तुमसे कई बार बात हुई थी बेटा। तुम बहुत परेशान थी। मैं सवेरे से तुम्हारे लिए चिंतित थी। जब तुम्हारा कोई कॉल नहीं आया तो खुद को लगाने से नहीं रोक पाई।" तिलोत्तमा ने उसकी खीज को नजरंदाज करते हुए अपनी बात रखी।

शायद बच्ची कुछ असमंजस की स्थिति में थी। वह काफी देर तक चुप रहने के बाद बोली—

"सॉरी आंटी। आपको मेरी वजह से जागना पड़ा। अभी मैंने अपनी कॉल लिस्ट देखी। मैं ठीक हूँ। आपको आइंदा परेशान नहीं करूँगी।"

"सॉरी कहने की कोई जरूरत नहीं है बेटा। मैं तुमसे मिलना चाहूँगी।"

"पता नहीं कल रात क्या हो गया था? शायद कुछ ज्यादा ही···आई एम सॉरी!" फिर से उस लड़की ने अपनी बात अधूरी छोड़, थोड़ी देर की चुप्पी के बाद फोन डिस्कनेक्ट कर दिया।

न जाने कितनी देर तक तिलोत्तमा फोन अपने कान से चिपकाए रही। उसे फोन कटने के बाद दोबारा आने का इंतजार था, मगर ऐसा हुआ नहीं। तिलोत्तमा ने कई दिनों तक उस नंबर पर फोन लगाया, मगर हमेशा एक ही मैसेज आता रहा···'दिस नंबर डज नॉट एग्जिस्ट।'

तिलोत्तमा सोच में पड़ गई थी···ऐसा कैसे हो सकता है कि जिससे रात भर बातें होती रहीं···उसका कोई वजूद ही नहीं? कम-से-कम वह लड़की तो केवल एक टेलिफोन नंबर भर नहीं हो सकती!···वह लड़की चाहे अपना फोन हमेशा के लिए बंद कर दे, मगर तिलोत्तमा के दिल में उसका वजूद हमेशा बना रहेगा।

□

कोई तो वजह होगी

गुजरे हुए दस सालों में नियति के साथ ऐसा कभी भी नहीं हुआ था कि वह चौथे माले पर उतरने की बजाय, लिफ्ट से तीसरे माले पर उतर गई हो! नियति का सुबह नौ बजे से शाम पाँच बजे तक का ऑफिस था। वह तीन मेट्रो बदलकर साढ़े छह बजे तक घर पहुँचती थी।

ऐसा भी नहीं था कि वह आज कुछ ज्यादा थकी हुई हो और बेख्याली में तीसरे माले पर उतरते हुए लोगों के साथ उतर गई हो! वह क्यों उतरी, इस बात का जवाब फिलहाल उसके पास नहीं था।

नोएडा की एक बड़ी हाउसिंग सोसायटी आम्रपाली के विभिन्न ब्लॉक के हर माले पर चार फ्लैट थे। तीसरे माले पर उतरकर ज्यों ही उलटे हाथ की तरफ मुड़कर, उसने फ्लैट के दरवाजे की ओर रुख किया; उसे अपनी गलती का अहसास हुआ।

जहाँ जालीवाला चिक डोर बंद था। उसे जाली के दूसरी तरफ एक बेहद खूबसूरत प्रौढ़ महिला व्हील चेयर पर बैठी कुछ पढ़ती हुई नजर आई। महिला को देखकर न जाने क्यों नियति एकदम वापस मुड़कर अपने घर को लौटने का नहीं सोच पाई। सलीके से बँधी हुई तात की साड़ी, करीने से काढ़े हुए बालों और हाथ में थमी हुई किताब पर उनकी झुकी हुई आँखों ने नियति को सहसा ही मंत्रमुग्ध कर दिया था। वह स्वयं को घंटी बजाने से रोक नहीं पाई।

उस महिला को दरवाजा खुलवाने के लिए किसी को आवाज लगाने की आवश्यकता नहीं पड़ी। एक दूसरी महिला ने तेज बढ़ते कदमों के साथ दरवाजे पर पहुँचकर पूछा—

"मैम! आपको किससे मिलना है?"

"मैम से ही मिलना है।"

नियति को दरवाजा खोलनेवाली महिला के हाव-भाव में कुछ विस्मय का सा भाव नजर आया। तभी उसने अपना प्रश्न वापस दोहराया—

"मैम से?"

नियति के सहमति में सिर हिलाते ही उसने दरवाजा खोल दिया और प्रौढ़ महिला की व्हीलचेयर के पास ही एक कुर्सी लगाते हुए कहा—

"आप आइए, यहाँ बैठिए। मैं आपके लिए कॉफी लाती हूँ।"

"प्लीज! पहले थोड़ा पानी पिला दीजिए।...सीधा ऑफिस से ही आपके घर के दरवाजे पर गलती से दस्तक देने आ गई हूँ।"

नियति ने दरवाजा खोलनेवाली महिला से अपने मन की बात कह दी। फिर नियति ने व्हीलचेयर पर बैठी सौम्य-सी महिला की ओर रुख करके कहा—

"सॉरी आंटी! मैं बगैर समय लिये आपसे बात करने बैठ गई हूँ। दरअसल पुस्तकें मेरी कमजोरी हैं। जब दूर से आपको इतनी तल्लीनता से पढ़ते हुए देखा तो मिलने को मन मचल उठा।"

वह नियति की बातें सुनकर मुसकरा पड़ी। फिर एकाएक अपनी बाई से बोली...

"कांता! पहले पानी पिलाओ। बाद में कॉफी के साथ नाश्ता भी लगाना।"

"जी मैडम!" बोलकर कांता रसोई की ओर रुख कर गई।

"क्या नाम है बेटा तुम्हारा?...किस गलती की वजह से तुम्हारा यहाँ आना हुआ?...हमारे यहाँ तो कोई आता-जाता ही नहीं है। तभी कांता ने तुमसे इस तरह बात की।"

"आंटी! मेरा नाम नियति है। हम चौथे माले पर रहते हैं। आपके इस तीसरे माले पर गलती से न जाने किस धुन में लिफ्ट से उतर गई। जब आपको पढ़ते हुए देखा, स्वयं को मिलने से नहीं रोक पाई। बहुत सुंदर हैं आप!"

नियति की बातें सुनकर वह हौले से मुसकराकर बोली—

"तुम्हारी मासूमियत भरी बातें सुनकर अच्छा लग रहा है। आज एक नया चेहरा हमारी चौखट से प्रविष्ट हुआ; कोई-न-कोई वजह जरूर होगी! अरसे से यहाँ कोई नहीं आया।"

आंटी के कहे हुए चंद वाक्यों ने एकाएक नियति को भावुक कर दिया और वह पूछ बैठी—

"आप अकेली रहती हैं आंटी?"

"अरे बेटा! अकेली कहाँ रहती हूँ? कांता बाई है न साथ! मेरा बेटा भी है। बहुत टूरिंग होने की वजह से महीने में पंद्रह-बीस दिन बाहर ही रहता है।"

तभी अचानक आंटी के मोबाइल फोन की घंटी बजी। आंटी ने अपनी व्हीलचेयर के पास रखी हुई, छोटी सी टेबल से अपना मोबाइल उठाया और नियति से कहा—

"सॉरी नियति! मेरे बेटे का फोन है। बेटा टूर पर है। पहले उससे बात कर लूँ, फिर तुमसे बातें करूँगी।"

नियति ने आंटी की बात सुनकर ज्यों ही वहाँ से उठकर थोड़ा दूर जाकर बैठने का सोचा, आंटी ने इशारे से उसे अपने पास ही बैठने को कहा। फिर बहुत प्यार से वह अपने बेटे से बोली—

"हाँ बेटा! तुम्हारी बोर्ड की मीटिंग अच्छे से हो गई? यहाँ सब ठीक है? इस समय फोन कैसे किया?"...उधर से आने वाली आवाज नियति तक पहुँच नहीं रही थी, मगर आंटी के जवाब देने के तरीके से नियति को अंदाज लग गया था कि बेटे ने क्या पूछा होगा!

"हाँ बेटा! यह नियति है। चौथे माले पर रहती है। गलती से हमारे घर का रास्ता भूल गई है।...तुम फिक्र मत करो।"

आंटी के जवाब देने के तरीके से नियति समझ गई थी कि पूरे घर में कैमरे लगे हुए हैं। महानगरों में बड़े-बुजुर्गों को घरों में अकेला छोड़कर काम पर निकलना, इतना आसान नहीं होता। तकनीकी सुविधाओं के जायज प्रयोग ने बहुत सी समस्याओं को सुलझा दिया है।

बहुत टूरिंग होने की वजह से बेटा अपने मोबाइल या लैपटॉप पर कैमरा देखकर माँ का खयाल रखता होगा! तभी उसका नियति के पहुँचने के पंद्रह

मिनट बाद ही फोन आ गया था। आंटी ने बेटे से बात कर फोन रख दिया और उसकी ओर रुख करते हुए कहा—

"तुम्हारे परिवार में कौन-कौन हैं बेटा? किस माले के कौन से नंबर फ्लैट में रहती हो?"

"चौथे माले पर चार सौ पाँच नंबर फ्लैट हमारा है। परिवार में सास-ससुर, पति व बेटा सभी हैं।"

"कहाँ नौकरी करती हो?"

"एक प्राइवेट फर्म में सीनियर एसोसिएट हूँ।"

"इतना लेट लौटती हो तो बेटे को कौन सँभालता है?"

"माँ-पापा हैं न आंटी। दोनों बहुत खयाल रखते हैं सभी का। हमें उनका खयाल रखना चाहिए, मगर हमारे यहाँ उल्टा हो रहा है। माँ-पापा दोनों के साथ होने से हम चिंता मुक्त होकर नौकरी कर रहे हैं। झाड़ू-पोंछा, बरतन करने और खाना बनाने वाले नौकर रखे हुए हैं, पर उन पर भी तो निगाह रखनी पड़ती है। मम्मा और पापा दोनों मिलकर देखते हैं। मैं और मेरे पति ऑफिस जाने से पहले और आने के बाद कोशिश करते हैं कि मम्मा-पापा सिर्फ आराम करें।"

"तुम्हारी सभी बातें मन को छू रही हैं बेटा! तुम्हारी कुछ ही बातों ने घर के हर व्यक्तित्व से मेरा परिचय करवा दिया है। बहुत भाग्यवान हो।...बच्चों के लिए दिल से करना जब माँ-बाप को सुखद लगे और बच्चों को उनका किया हुआ महसूस हो, इससे सुखद और कोई बात नहीं हो सकती है।"

"आपने सही कहा आंटी।"

तभी नियति की नजर आंटी की किताब पर पड़ी। नियति के शुरू से ही बुक वॉर्म होने के कारण, यही प्रथम दृश्य आकर्षण का केंद्र बना था। तभी वह उनसे पूछ बैठी—

"आंटी, आप क्या पढ़ रही हो?"

आंटी ने अपनी किताब को सीधा ही रखकर उस पर पेपरवेट रख दिया था, जिसकी वजह से पुस्तक का शीर्षक नियति पढ़ नहीं पाई।

"आजकल रामकृष्ण परमहंस से जुड़ा साहित्य पढ़ रही हूँ। जब से इनसे

जुड़ा साहित्य पढ़ना शुरू किया है, बस इसी में मन रमता है। गीता भी कई बार पढ़ चुकी हूँ। जब भी गीता वापस उठाती हूँ, कुछ नया सोचने को मिल जाता है। पढ़ने का बहुत शौक है; तभी समय कट जाता है। अन्यथा व्हीलचेयर पर बैठे-बैठे या लेटकर कितना समय निकाला जा सकता है? गुजरे काफी सालों से तो···अच्छा, इस विषय को छोड़ो, तुम्हें भी लग रहा होगा क्या बोरिंग बातें करने लगी हूँ?"

"नहीं आंटी, ऐसा भाव मन में मत लाइए। उल्टा मुझे आपसे बात करना बहुत अच्छा लग रहा है। प्लीज! आप अपनी बात पूरी करिए न!"

नियति के आग्रह को आंटी टाल नहीं पाईं।

"पिछले पाँच साल से व्हीलचेयर पर हूँ। सालोसाल से एकांत में समय काटते-काटते कभी-कभी लगता है, संन्यास स्वतः ही मेरे जीवन में प्रविष्ट हो गया है। जीवन के उतार-चढ़ावों ने यथार्थ से बहुत करीब से परिचय करवा दिया है। अब मोह, आसक्ति जैसे भाव कम ही छूते हैं। पर बेटा! कुछ ऐसी बातें हैं, जो निरंतर परेशान करती हैं।"

आंटी की बात सुनकर एकाएक नियति की आँखें भर आईं। किसी भी चलते-फिरते इनसान की जिंदगी का छोटी-सी जगह में सिमट जाना कितना पीड़ादायक हो सकता है···नियति को इस छोटी-सी बातचीत में महसूस हो गया था। अब उसके मन में उठने वाले प्रश्न बहुत कुछ जानने को उद्वेलित करने लगे थे। पर किसी को किसी भी तरह की यंत्रणा देना उसकी फितरत का हिस्सा नहीं था।

आंटी ने ज्यों ही नियति की आँखों में झाँका, उन्होंने बहुत कुछ पढ़ लिया, तभी वह पूछ बैठी—

"तुम्हें घर जाने की जल्दी तो नहीं है? सब इंतजार कर रहे होंगे बेटा!"

आंटी ने ज्यों ही प्रश्नसूचक दृष्टि नियति पर डाली, वह मुसकराकर बोल पड़ी—

"आज ऑफिस से थोड़ा जल्दी फ्री हो गई थी। आपसे मिलने के बाद लग रहा है, आपके बारे में और भी जानूँ। आपके चेहरे पर फैला हुआ एकांत बहुत कुछ बोल रहा हैं। आपकी बातें सुनते-सुनते खो-सी गई थी···

सुध ही नहीं रही। थैंक्स आंटी! आपने मुझे याद दिलाया। आप मुझे एक मिनट का समय दीजिए, मम्मा को फोन कर देती हूँ। वह भी चिंतित हो रही होंगी।"

नियति ने शीघ्र ही फोन कर अपनी सास को बता दिया कि वह थोड़ी देर में घर पहुँच जाएगी। नियति के फोन रखते ही आंटी ने कहा—

"मैं अकेली रहती हूँ, इसलिए तुम्हें लगा होगा बेटा। जब तुम्हारे परिवार और परिवार के लोगों के आपसी संबंधों के बारे में सुना तो दिल भावुक हो उठा। महानगरीय परिवारों में इतना जुड़ाव और प्रेम कम ही सुनने को मिलता है। तुम्हारे बात करने का तरीका भी बहुत अपनापन महसूस करवा रहा है। लगता ही नहीं, तुमसे आज पहली बार मिली हूँ!"

नियति की आँखें एकटक आंटी पर ही जमी हुई थीं। कब आंटी ने कांता बाई को इशारा कर उसके लिए कॉफी और नाश्ता बनवा दिया; नियति को पता ही नहीं चला। कांता बाई जैसे ही नाश्ता लेकर आई, आंटी ने कहा—

"पहले कॉफी के साथ कुछ खाओ बेटा! सीधा ऑफिस से हमारे घर आई हो।"

नियति ने आंटी के साथ-साथ कॉफी के कुछ घूँट भरे ही थे कि आंटी ने कुछ सोचते हुए पुनः बोलना शुरू किया—

"बेटा! मैंने अपने आसपास फैले हुए एकांत में खुशियाँ ढूँढ़ना, पैंतीस साल पहले ही सीख लिया था। मेरा बेटा सुदीप जब छह महीने का था, मैंने अपने पति सुदर्शन से अलग रहने का फैसला लिया।"

आंटी का सहजता से धीमे-धीमे अपने अतीत को खोलना नियति को एक अबूझ से रिश्ते से बाँध रहा था। उनकी बोली और भाषा बहुत सौम्य और सधी हुई थी, जहाँ किसी भी तरह की बनावट नियति को नजर नहीं आई। उनके व्यवहार का संतुलन शायद एकांत में खुद को खोज कर लेने की वजह से था। आज पहली बार नियति का मन-हृदय और शरीर से खूबसूरत व्यक्तित्व से साक्षात्कार हो रहा था। ऐसे संयोजन बहुधा दुर्लभ होते हैं।

नियति को लोगों की कही हुई बातें...'जहाँ सौंदर्य होता है, दंभ सिर पर सवार रहता है,'...बहुत निरर्थक-सी महसूस हुई। एक संघर्षशील जुझारू

औरत के मुँह से उसकी ही कहानी सुनना नियति को मंत्रमुग्ध कर रहा था। एकाएक आंटी के आगे बोलने से नियति की सोच श्रृंखला टूटी—

"मेरे पति सुदर्शन के जीवन में एक अन्य स्त्री पहले से थी। उसके संबंधों का खुलासा होते ही हमारा साथ रहना मुमकिन नहीं था। सुदर्शन उसे छोड़ने की बजाए मुझे छोड़ने को तैयार थे। वह तो एक ही नाव पर दोनों को सवार कर चलना चाहते थे, मगर यह मेरे स्वाभिमान के विरुद्ध था। बेटा! समझौते अगर स्वाभिमान को चकनाचूर कर दें, साथ रहना मुश्किल हो जाता है।"

आंटी ने 'स्वाभिमान' शब्द को जैसे ही पुनः दोहराया, उनकी आँखों की नमी ने नियति की आँखें भी नम कर दीं। आंटी की बातों ने नियति को ज्यों ही उसकी माँ की कही हुई बातों तक पहुँचाया, वह हौले से सुबक पड़ी—

'बेटा! तुम्हें समर्थ इसलिए बना रही हूँ कि कभी अपने स्वाभिमान से समझौता न करो। एक औरत तभी हारती है, जब वह अपने स्वाभिमान से समझौता करती है। मैं रहूँ न रहूँ, बस मेरी इस बात को जरूर ध्यान रखना।'

नियति खुद को भाग्यशाली मानती थी, क्योंकि उसकी ससुराल के सभी लोग इज्जत देना और इज्जत करवाना जानते थे। आंटी ने अनायास नियति को माँ की कही स्मृति तक पहुँचा दिया था।

आंटी ने नियति की आँखों में पुनः झाँककर उसके ठीक होने की टोह ली और उसकी हलकी-सी मुसकराहट भर से आंटी ने आगे कहना शुरू किया—

"मैं नौकरीपेशा होने के कारण मानसिक रूप से सुदृढ़ थी। जिस रोज मैंने अकेले रहने का निर्णय लिया, अपने आसपास बिखरे हुए एकांत में न जाने कितने द्वंद्व और अंतर्द्वंद्वों से मेरा सामना हुआ। सभी रिश्तेदारों के अलग-अलग सुझाव उनकी सोच के अनुसार थे। जिन्हें न सुनने का फैसला मेरा था। मैंने उस व्यक्ति को अपने मन की शर्तों पर छोड़ा।"

जैसे ही अपनी बात बोलकर आंटी पल भर के लिए चुप हुईं, नियति ने उनकी आँखों में झाँककर देखा। जहाँ किसी भी तरह का पछतावा नहीं था। ऐसे में नियति खुद को बोलने से नहीं रोक पाई—

"आंटी, आज से पैंतीस साल पहले इतना बड़ा और कड़ा फैसला? आपकी पीढ़ी में इस तरह का साहसी निर्णय लेना, बहुत बड़ी बात रही होगी!"

"ठीक कह रही हो बेटा! मैं किसी भी कीमत पर खुद को उस दूसरी स्त्री से कम नहीं आँक सकती थी। खुद को कमतर आँककर जीवन से समझौता करना, मुझे सारी उम्र अपराधबोध में धकेल सकता था। शुरू-शुरू में माँ-पापा को लगता था कि सुदर्शन के अपना बेटा है; वह समझाने से ठीक हो जाएगा, मगर मुझे पूरा विश्वास था, वह कभी नहीं सुधरेगा। पता चलने के बाद जूठन खाना, मेरी फितरत में नहीं था।"

एक ओर शारीरिक सुखों की पूर्ति से जुड़े विकल्पों की उपलब्धता पुरुष को विवेकशून्य कर देती है; दूसरी ओर बच्चा होने के बाद स्त्री का विवेक बच्चे के आस-पास केंद्रित होने लगता है।

मैं ऐसे पुरुष के साथ नहीं रह सकती थी, जिसने मेरा भरोसा तोड़ा था। सारी उम्र ऐसे व्यक्ति के साथ जीवन गुजारना, जो किसी और के बिस्तर से उठकर, मेरे साथ सोने आया हो, मेरे व्यक्तित्व में सिर्फ विरोध और नकारात्मकता को जन्म देता। न जाने कितनी बार मैं अपने बिस्तर का चादर बदलती। वह जिस सामान को स्पर्श करता, उसे साफ करती। अंततः मुझे सिर्फ यही सबकुछ तो नहीं करना था; मेरी जिंदगी सिर्फ इसी काम के लिए नहीं थी।"

"आपको अपने बेटे को पालने में उनकी कमी महसूस नहीं हुई आंटी?"

"मुझे सुदर्शन की सुदीप के पिता के रूप में कभी कमी महसूस नहीं हुई। हाँ, मुझे एक मित्र की कमी सारी उम्र रही। अपनी नौकरी के साथ न जाने कितने लोगों से जुड़ी...मित्रता भी हुई, मगर भरोसा टूटने की वजह से, सुदीप के सामने किसी को उसके पापा के रूप में लाने का नहीं सोच पाई। बेटे को अच्छे से पालने की कोशिश में, आसपास फैले हुए एकांत में खुद को गुनने की कोशिश की। कितना लंबा समय निकल गया और आज बेटा बहुत बड़ी कंपनी में मैनेजर है। बहुत संस्कारवान् है। मेरे बेटे के चेहरे की मुसकराहट मेरे चेहरे की मुसकराहट से होकर गुजरती है बेटा!"

"अब आप बहुत खुश हैं आंटी?"

नियति ने बेटे की बात करते समय आंटी की आँखों में उतर आई नमी को देखकर पूछा—

"खुश हूँ भी और नहीं भी! बस, अब जल्द-से-जल्द इस देह को छोड़ना चाहती हूँ।"

आंटी ने जैसे ही अंतिम पंक्ति बोली, अकस्मात् नियति की आँखों में उनकी पीड़ा 'क्यों' जैसे प्रश्न के साथ सिमट आई। तभी आंटी ने अपनी बात पूर्ण की—

"मेरा बेटा मेरे जीते जी कभी शादी नहीं करेगा। उसने मुझे संघर्ष करते देखा है। रिश्तों पर से उसका विश्वास उठ गया है। उसे लगता है, अगर आने वाली बहु ने अपाहिज माँ की देखभाल नहीं की, तो वह अपनी माँ के साथ न्याय नहीं करेगा। बहुत समझा चुकी हूँ, मगर वह अपने फैसले से टस-से-मस नहीं होता। जब मैं ही नहीं रहूँगी, तब ही शायद वह विवाह का सोच पाए।"

एक गहरी साँस लेकर आंटी ने आगे कहा—

"घर में रहता है तो मेरे इर्द-गिर्द ही रहता है। बाहर जाता है तो घड़ी-घड़ी कैमरे में देखकर मेरी सलामती को तरसता है। डॉक्टर जवाब दे चुके हैं, मैं ठीक नहीं हो सकती, मगर मैं ईश्वर से खुद को बुलाने की कामना तो कर सकती हूँ, ताकि बेटे की जिंदगी की कोई दिशा तय हो।"

ताउम्र मजबूत रहनेवाली स्त्री के व्हीलचेयर से बँध जाने के कारण किसी नकारात्मक भाव का आना स्वाभाविक, मगर क्षणिक था। आंटी को सुबकते हुए देख नियति भी कमजोर पड़ गई। उसने आंटी के आँसू पोंछते हुए कहा—

"आंटी! इतनी छोटी-सी बात पर मन मत खराब करिए। आपको मेरी सासू जी से मिलकर भी बहुत खुशी होगी। जब उनकी प्यारी-सी बहू मैं हो सकती हूँ, तो आपकी भी प्यारी बहू कहीं-न-कहीं होगी!"

"तुम्हारी कोई छोटी बहन है?"

नियति के 'हाँ' में सिर हिलाते ही आंटी के चेहरे पर मुसकराहट फैल गई। नियति ने खुद ही बात आगे बढ़ाते हुए कहा—

"आपको मम्मा से मिलकर बहुत खुशी होगी। आपकी ही तरह वह भी बहुत पढ़ती हैं। हालाँकि मुझे भी पढ़ने का शौक है, मगर नौकरी के साथ कम पढ़ पाने का अफसोस रहता है। तभी तो लिफ्ट से गलत माले पर उतरने का

अहसास होने के बाद भी ज्यों ही आपको पढ़ते हुए देखा, आकर्षित हो गई। अब तो रास्ता भूलने की वजह भी पता चल गई है।"

अपनी बात पर हँसते हुए नियति ने आगे कहा—

"आंटी! यह तो आप भी मानती होंगी, हर घटित के पीछे एक कारण होता है, शायद उसी कारण ने मुझे आपके सामने बैठा दिया है। वैसे भी कोई अनजान किसी दूसरे अनजान से इतनी बातें भी नहीं करता; सब उस परम के सोचे से होता है।"

जैसे ही आंटी ने नियति की आँखों में झाँककर सहमति से सिर हिलाया, दोनों मुसकरा पड़ीं।

□

खामोश हमसफर

एक आम प्रबुद्ध महिला की तरह स्मृति को भी पढ़ने-लिखने के अलावा खूब घूमने-फिरने का शौक था। घंटों प्रकृति के सानिध्य में बैठकर निहारना, उसे ऊर्जा से भर देता था। हाँ, बस उसका मन कपड़े-लत्तों और जेवर की बातों में कम रमता था। ऐसी बातें उसके मन की सहजता को हर लेती थीं।

स्मृति के व्यवहार के उलट, व्यवसायी पति विशाल के अहम की तुष्टि उसके सजे-धजे रहने में थी। जिन समारोह में वह उसके साथ आती-जाती थी, व्यवसायी मित्रों की निगाहें उनके आने-जाने के साधनों और पहनावों पर टिकी रहती थीं। हर साल गाड़ी बदल लेना, जमीन-जायदाद में निवेश करना विशाल के शौक थे।

नौकरीपेशा विशाल ने विरासत में मिले रुपयों से विवाह के बाद स्टेशनरी का व्यवसाय शुरू किया था। जिसमें कम समय में ही उसने काफी रुपए मेहनत और किस्मत से कमा लिए थे। विशाल की जैसे-जैसे आमदनी बढ़ती गई, उसके लिए स्मृति की नौकरी गैर जरूरी हो गई। रुपए का नशा सिर पर सवार होते ही अहम का साँप भी कैसे व्यक्ति के स्वभाव पर कुंडली मारकर बैठ जाता है, स्मृति ने महसूस कर लिया था।

प्रायः पति के धनिक होते ही उसकी स्त्री का भी स्वभाव बदल जाता है, मगर स्मृति के साथ ऐसा कुछ नहीं हुआ। बस, वक्त के साथ स्मृति का टीचर होना विशाल के व्यापारिक सर्किल में अनकहे प्रश्नों की वजह बनने लगा। वहाँ उसकी बहनजी टाइप इमेज थी, जो स्मृति को विशाल के सहयोगी मित्रों और उनकी पत्नियों की नजरों में साफ-साफ नजर आती थी। जहाँ जेवर और

कपड़े-लत्तों को तराजू के पडलों में रखकर खुशियों का आकलन किया जाता हो, वहाँ स्मृति ओड वन आउट थी। उनके लिए तो पढ़ने-पढ़ाने वाली स्मृति भौतिकता की चमक से दूर बेरंग थी।

ऐसा भी नही था कि स्मृति को कपड़े पहनने का शौक न हो। उसकी अपनी पसंद और कपड़ों का चयन था, मगर आज की भेड़चाल का भोंडापन नही था। जगह कोई भी हो, वह उन्हीं कपड़ों को पहनकर जाती थी, जो उसकी सहजता और आत्मविश्वास को बनाए रखें।

शुरू-शुरू में व्यापारिक सर्किल की महिलाओं को लगता था कि स्मृति कुछ खास पहकर आएगी। हर बार ही स्मृति जब बगैर किसी साज-शृंगार के साड़ी ही पहनकर आती तो उनकी कानाफूसी बढ़ जाती। जब उनकी फुसफुसाहट उसके कपड़ों के अलावा बैंक एकाउंट और बेडरूम में भी सेंध लगाने लगती तो स्मृति को मुसकराने के सिवाय कुछ नहीं सूझता।

"सुमति! देखा तुमने···स्मृति आज भी वही अपनी परंपरागत साउथ सिल्क की साड़ी पहनकर आई है, जबकि आज की स्पेशल होली ड्रेस-कोड लॉन्ग स्कर्ट था! अरे! इन पार्टीज के बहाने हम अपनी मरजी के कपड़े पहन लेते हैं, वरना सास-ससुर को खुश रखने के लिए वही साड़ी या सूट पहनते रहो। छुप-छुपाकर ही सही, मगर इन पार्टीज के बहाने अपने शौक तो पूरे कर पाते हैं।"

"सही कहा तुमने छाया। देखो न इस स्मृति को। इसे कोई फर्क ही नही पड़ता। सुनते हैं, यह तो रात में भी गाउन या कोई भी मस्त ड्रेसेस नहीं पहनती! यह तो साड़ी पहनकर ही सोती है।"

सुमति ने भी अपनी गढ़ी-गढ़ाई और सुनी-सुनाई बातों का ब्योरा ज्यों-का-त्यों उगल दिया था। स्मृति को उनका उसके बेडरूम तक पहुँच जाना बहुत हास्यप्रद लगता था। घरेलू महिलाओं के बीच स्मृति का नौकरी करना उनकी कुंठाओं का भी हिस्सा था। स्मृति की सैलरी पतियों के रुपयों पर ऐश करनेवाली महिलाओं के बीच चर्चा का विषय भी थी।

"देविका! विशाल की सालाना कमाई लाखों में है। स्मृति की सैलरी तो पूरी जमा ही होती होगी? क्या करेगी यह इतनी पूँजी जमा करके?"

स्मृति के कानों तक जब पार्टीज में होने वाली ऐसी गप्पबाजी पहुँचती, उसे उन महिलाओं के बचपने पर तरस आता।

विशाल के लिए स्मृति की हर मनमानी खीज का कारण थी और स्मृति के लिए बहुतायत में होने वाली पार्टीज उकताहट का सबब थीं।

विशाल हर रोज सवेरे नौ बजे तक उठता था। स्मृति जब स्कूल के लिए तैयार होती, कमरे में होने वाली छोटी-छोटी आवाजें उसके क्रोध को बढ़ा देतीं। तभी वह बीच-बीच में जता देता—

"सवेरे-सवेरे अलमारियाँ खुलने-बंद होने की आवाजें कितना चुभती हैं स्मृति! कभी-कभी, तो लगता है, पूरा कमरा ही मेरा विद्रोही बनकर खड़ा हो गया है!"

जब बच्चों का स्कूल जाना शुरू हुआ तो कमरे में बढ़ती आवाजों ने विशाल की चिड़चिड़ाहट को और बढ़ा दिया—

"जिस घर में माँ-बच्चे एक ही समय पर स्कूल जाते हों; वहाँ शांति कैसे रह सकती है? तुम्हें बच्चों के काम नौकरों से नहीं करवाने हैं, सब खुद ही करना है। जब तुमसे यह सब सँभलता नहीं तो नौकरी करने के निर्णय पर पुनः विचार क्यों नहीं कर लेतीं? घर को तुम्हारी जरूरत है; स्कूलवालों को तो तुम्हारे जैसे बहुत टीचर मिल जाएँगे।"

विशाल का अहम कभी भी उसकी बेइज्जती कर सकता था। सवेरे देर तक बिस्तर पर लोटनेवाले विशाल के लिए स्मृति का नौकरी करना टाइम जाया करना था। स्मृति जिस मध्यमवर्गीय परिवार से आई थी, वहाँ माँएँ बच्चों के काम खुद कर, उन्हें संस्कारित करना; अपना कर्तव्य समझती थीं। ऐसे में विशाल के शब्दभेदी बाणों ने जैसे ही उसके स्वाभिमान को झँझोड़ा, उसका गुस्सा फट पड़ा था—

"विशाल! अगर तुम भी थोड़ा जल्दी बिस्तर छोड़ने का सोच लो तो काफी समस्याएँ हल हो जाएँ। बच्चे सिर्फ मेरे नहीं हैं। कभी इस बात पर भी विचार करो, मैं उनके काम नौकरों से क्यों नहीं करवाती? बच्चों को सँभालना किसी व्यवसाय से जुड़ा काम नहीं, जिसे किसी भी स्टाफ से करवा लिया जाए।"

स्मृति के इतना-सा बोलते ही विशाल भड़क गया था। उसने लगभग तीन महीने तक अबोला रहकर अपना क्रोध जता दिया था। खाना खाते समय जब कटोरी-चम्मच के टकराने की आवाजें, कुछ ज्यादा ही बोलने लगतीं, स्मृति का उसके साथ बैठकर खाना खाना भी दूभर हो जाता। स्मृति बहुत अच्छे से समझ चुकी थी कि विशाल को मनाने या समझाने की कोशिश करना, उसके अहम को सहलाना होगा। विशाल उससे बात किए बगैर कई-कई दिनों या महीनों तक रह सकता था। यह बात स्मृति के लिए पीड़ादायक थी, मगर विशाल के लिए नहीं थी।

अपने बच्चों के साथ विशाल का व्यवहार लाड़-प्यार से भरपूर था। बच्चों की हर ख्वाहिश को पूरा करने के लिए उसके हाथ में भरपूर रुपया जो था। ऐसे में बच्चों का संतुलित लालन-पालन करना, स्मृति के लिए चुनौती जरूर बना। यही वजह रही कि समर्थ होने के बावजूद भी वह कभी बच्चों को उनके पिता से दूर करने का नहीं सोच पाई। किसी एक रिश्ते का खालीपन बच्चों के व्यक्तित्व को भविष्य में किस दिशा में ले जाएगा?···स्मृति इन सब बातों को सोचते ही परेशान होकर अनिर्णय की स्थिति में आ जाती थी।

जब भी दोनों के बीच कोई बात बहस का कारण बनती, स्मृति विशाल के सामने तो मौन हो जाती, मगर अपने मन को शांत करने के लिए उसे किताबों की दुनिया के बीच और अधिक सरका लेती। उसके घूमने-फिरने की इच्छा इन सबके बीच कब दफन हो गई,···उसे खुद ही पता नहीं चला।

अब तो स्मृति भी रिटायर हो चुकी थी। उसे इंटरमीडिएट स्कूल की नौकरी करते हुए पूरे तीस साल हो चुके थे। नौकरी के आखिरी सालों में उसने प्रिंसिपल पद को भी बहुत गरिमा के साथ निभाया। स्कूल के टाइम टेबल, टीचर्स-स्टाफ, स्कूल की असंख्य गतिविधियों और घर को सँभालते-सँभालते वक्त उड़ता चला गया था। जितने साल उसे नौकरी करते हो चुके थे, उतने ही साल उसके विवाह को भी हो चुके थे। भौतिक स्तर पर सब बहुत अच्छा था। बगैर माँगे अलमारी में रुपयों की उपलब्धता रहती थी।

घर में सबकुछ था, बस पति-पत्नी के बीच प्रेम ही कहीं छूटा हुआ था, जिसे स्मृति ने शिद्दत से जीना चाहा था। स्मृति के लिए प्रेम को जिए बगैर

उसके गहरे उतरना संभव नहीं था। स्मृति के विचारों में बगैर प्रेम तो देह की तृष्णा भी शांत नहीं होती। उसने विशाल की बातों में प्रेम खोजने की बहुत कोशिश की, मगर शून्य ही हाथ लगा। दोनों के बीच अपने सुख-दुःख या पसंद-नापसंद बाँटने जैसा कोई संबंध नहीं था। कभी-कभी ऐसा लगता था, जैसे उन्हें इस रिश्ते को निभाने की अबोली सजा सुनाई गई हो!

स्मृति के लिए हर बार बगैर प्रेमवाला शारीरिक संबंध वितृष्णा की अनचाही पौध खड़ी कर देता था, जो उनके रिश्ते में पसरे हुए मौन को और गहरा देता था। दूसरी ओर उनकी आपसी शांत शिकायतों और समझौतों ने इस रिश्ते को दूसरों की नजरों में आदर्श रिश्ता जरूर साबित कर दिया था।

विशाल में टिपिकल इंडियन हस्बैंड के जैसे एडजस्ट न करने के सभी गुण थे, तो स्मृति के पास टिपिकल इंडियन लड़की के जैसे एडजस्ट करने की काफी वजह थीं। बस यूँ कहा जा सकता था कि विशाल उन टिपिकल हस्बैंड से थोड़ा उन्नीस था, जिसे अच्छे से पता था कि वह अपनी पढ़ाई-लिखाई को जाया नही होने देगी, तभी वह चाहकर भी उसकी नौकरी करने का कड़ा विरोध नहीं कर पाया। बस, दबे स्वरों में उसकी नौकरी करने का ताउम्र विरोध करता रहा—

"स्मृति! जितने रुपए के लिए तुम इतनी भाग-दौड़ करती हो, उतना तो मेरे यहाँ का हेड स्टाफ कमाता है। चाहो तो महारानी बनकर घर पर रहकर भी राज कर सकती हो, मगर तुम्हारी मरजी हो तब न!"

स्मृति को विशाल की प्रकृति अच्छे से समझ आ गई थी। वह विशाल को अपना स्वामी बनाकर अपने स्वाभिमान के साथ सौदा नहीं कर सकती थी।

स्मृति भी टिपिकल इंडियन लड़कियों से थोड़ी उन्नीस थी। खुद के कमाए रुपए-पैसे से मजबूत होने के कारण वह विशाल को उतना ही बताती थी, जो उनके बीच शांति बनाए रखने के लिए जरूरी था। उनके रिश्ते में फैली हुई चुप्पियाँ दिमाग की फैलाई हुई बिसात का हिस्सा थीं, ताकि किए हुए समझौते उलझन न बढ़ाएँ। शादी के कुछ सालों बाद ही दोनों को अहसास हो गया था कि दोनों उत्तर-दक्षिण हैं। तभी उन्होंने कभी भी प्रेम से बँधने-बाँधने जैसी कोशिश नही की।

विशाल अपने पिता की हूबहू कॉपी था। अच्छी नौकरी होने के कारण उनके पास भी रुपयों की कमी नहीं थी। वह सारी उम्र अपने मनानुसार साधारण परिवार से आई विशाल की माँ को उठाते-बैठाते रहे। विशाल भी कुछ ऐसा ही करना चाहता था, मगर स्मृति ने उसके मन की इच्छा को तोड़ दिया था। विशाल के हालात उस घायल साँप के से थे, जो जरा-सा छेड़ते ही फुफकारने लगता था।

विशाल के व्यवहार ने ही उसे नौकरी करते रहने को उकसाया, ताकि अगर कभी कोई कठिन निर्णय लेना पड़े, तो उसे मुसीबतों का सामना न करना पड़े। स्मृति जब भी पलटकर शादी के बाद के समय को सोचती, तो विशाल के साथ हुए कई संवाद उसे बहुत याद आते थे; जब उसमें नए घर और नए माहौल में साम्य बैठाने का उत्साह था। स्मृति जब कभी किसी बात पर विशाल के सामने अपना पक्ष रखती, वह कहता—

"अपनी टीचरी स्कूल तक रखो स्मृति! मुझे नहीं समझ आती तुम्हारी बातें। हम दोनों ही समझदार हैं; हमें एक-दूसरे पर कुछ भी थोपने की जरूरत नही।"

अपनी बातों को बोलते समय वह भूल जाता था कि वह भी तो अपनी बातें स्मृति पर थोपने की ही कोशिश कर रहा है! घर की शांति के लिए स्मृति को भी वही करना पड़ता है, जो विशाल चाहता था। जब भी स्मृति ने अपनी नौकरी से जुड़े विरोध पर बात करनी चाही; बहुत कुछ टूटा—

"विशाल! क्या हम मेरी नौकरी करने वाले विषय पर तसल्ली से साथ बैठकर बात कर सकते हैं, ताकि कुछ समाधान निकले। यह विषय कई बार उठ चुका है।

"स्मृति! क्या तुम्हें लगता है, हमें बात करनी चाहिए? तुम्हें मेरी बातें समझ नहीं आती और मुझे तुम्हारी। इसलिए जो चल रहा है, चलने दो। हमारे रिश्ते में कुछ भी नया नहीं हो सकता।"

विशाल के इसी तरह के हर बार जवाब देने से उनके रिश्ते में अनगिनत लक्ष्मण रेखाएँ स्वतः ही खिंचती गई थीं। स्मृति जैसे ही कभी अपनी कोई भी बात रखना शुरू करती, विशाल अपने किए और दिए हुए को गिनाना शुरू

कर देता। स्मृति को हमेशा चुप कर देना, उसके अहम् की संतुष्टि से जुड़ा था। तभी वह एक बार बोलना शुरू करता तो बोलता ही जाता—

"स्मृति! हर औरत को जो सुविधाएँ चाहिए, मैंने तुम्हें दी हैं। नौकर-चाकर, रुपए-पैसा क्या कमी है घर में? मेरे मित्रों की पत्नियों को देखो! सभी को तुमसे जलन ही होती होगी। एक तुम हो, जिसे रुपए-पैसा एंजॉय करना नहीं आता है। घर के काम करने के लिए कई नौकर हैं। वक्त ही वक्त है तुम्हारे पास। पार्लर जाओ···किट्टी पार्टीज में जाओ···किसने रोका है? पर तुम्हें अच्छे से जीना आए, तब न! दरअसल, तुम्हें तो खुश रहना ही नहीं आता।"

विशाल का अहम स्मृति को उससे कभी जोड़ नहीं पाया। स्मृति के पास विशाल की बातों के जवाब नहीं थे, क्योकि दोनों के लिए प्यार के मायने अलग-अलग थे। स्मृति के लिए पार्लर जाना, वक्त जाया करना था। वह तो विशाल के साथ वक्त गुजारना चाहती थी; उसके साथ पहाड़ों, जंगलों और समुद्र के किनारों पर घूमना-फिरना चाहती थी। बहुत सारे विषयों पर चर्चा करना चाहती थी। मगर यह सच है कि किसी भी चीज की चाहना करना और उसका पूरा होना, कहीं और तय होता है।

जिसका जुनून ही रुपए कमाना और उसे विलासिता पर खर्च करना बन गया हो; वह उसकी बातों को कभी नहीं समझता। स्मृति सामाजिकता के सभी नियमों को चुपचाप निभाती रही। स्मृति बहुत अच्छे से जानती थी कि पढ़े-लिखे लोगों की चुप्पियाँ, चीख-चीख के जतानेवालों से अधिक बोलती हुई सुनाई देती हैं, अगर उन्हें सुनने और पढ़नेवाले हों!

स्मृति के पास अपनी सीमित जरूरतों के हिसाब से काफी रुपए थे। घर के सभी खर्च विशाल खुद उठाना चाहता था, क्योंकि यह उसके अहम संतुष्टि से जुड़ा था। स्मृति कभी कहीं खर्च भी कर देती, तो पता चलने पर वह उसके अकाउंट में रुपए ट्रांसफर कर देता।

हर बार अपमान और अवहेलना होने पर स्मृति को लगता कि उसके शांत रहने पर प्रहार किया गया हो! ऐसे में स्मृति अपने मन के खालीपन को किताबों के बीच कुछ अधिक सरका देती। ताउम्र किताबों और बच्चों में अपनी

खुशियाँ खोजकर वह उम्मीदों की नई कोपलों को वापस सिर उठाने देती, ताकि शायद कभी कुछ सही ही हो जाए!

उसने विवाह के बाद तीन सौ से अधिक हिंदी और अंग्रेजी पुस्तकों का साहित्य पढ़ डाला था। उसके कलेक्शन में एक-एक कर किताबें बढ़ती ही गईं। कभी-कभी तो उसे लगता था कि पुस्तकों से मिली खुशियाँ मुखौटे लगाकर उसे छल रही हैं।

किताबों और उसके बीच होने वाला इकतरफा संवाद जीवन गुजारने के लिए काफी नहीं था। उनके उदासीन रिश्ते में औपचारिकताओं के अलावा कुछ भी नहीं था। स्मृति कभी समझ नहीं पाई कि पति-पत्नी के बीच अहम का साँप कुंडली मारकर बैठा है या स्मृति को अपनी तरह जीने की अबोली सजा सुनाई गई है?

बच्चों की शादियों के बाद स्मृति को प्रत्यक्ष-अप्रत्यक्ष रूप से खुद का कहीं पर भी मात्र जरूरत भर का होना महसूस होता गया। विशाल की सुविधाओं और खाने-पीने की जरूरतों की पूर्ति जब बहु के घर सँभाल लेने पर उसके द्वारा पूरी होने लगी तो विशाल और भी निश्चिंत हो गया। बाप का रुपयों-पैसों से किया हुआ लाड़, बच्चों की ख्वाहिशों के साथ कुछ ज्यादा ही मैच करता था।

घर की जिम्मेदारियाँ छूटते ही स्मृति ने विशाल के व्यवहार में आए बदलाव को भी महसूस कर लिया था। उनके बीच में होने वाली थोड़ी-बहुत बातचीत भी धीरे-धीरे खत्म होने लगी थी। न कभी विशाल के सिर पर बैठा हुआ अहम उतरा, न ही उनके रिश्ते में सुधार आने जैसे समाधान निकले।

जिन किताबों के बीच उसने शांति खोजनी चाही थी, जब वही उसे पूर्ण रूप से अपने बीच रहने के निमंत्रण देने लगीं, उसने एक रोज विशाल से कहा—

"विशाल! मैं पीछे वाले कमरे में अपनी लाइब्रेरी बनाना चाहती हूँ।"

विशाल ने उसकी बात सुनते ही कहा—

"तुम बता रही हो या पूछ रही हो?...जब तुमने ताउम्र वही किया है, जो करना चाहा, अब भी जो मन में आए, करो।"

शायद विशाल स्मृति के इस निर्णय के लिए तैयार नहीं था। तभी अपने

शब्दों पर थोड़ा विराम देकर वह पुनः बोला—

"लाइब्रेरी बनने के बाद तुम इधर नजर आओगी या नही ?"

विशाल की पंक्तियों में स्वामियों के जैसे मनमानी करनेवाले अधीनस्थों के प्रति छिपा हुआ रोष था। स्मृति से बेहतर विशाल को और कौन समझ सकता था ? वह बहुत शांत स्वरों में बोली—

"इधर नजर आकर भी क्या करूँगी विशाल ? यहाँ होकर भी तुम्हें कभी नहीं दिखी हूँ ? कभी मेरी जरूरत हो, बुला लेना। मगर अब अधिकांश समय वहीं गुजारना चाहूँगी।"

विशाल ने बगैर कुछ बोले स्मृति की बात सुन ली। उनके बीच एक-दूसरे को रोकने या मनाने का रिश्ता भी तो कभी नहीं था। तभी लाइब्रेरी बनने के बाद वह स्मृति को किताबें शिफ्ट करते हुए देखता रहा; कुछ नहीं बोला। स्मृति जानती थी कि उसके अहम् को छूना और टटोलना, दोनों ही पीड़ा देंगे। जिन बच्चों की वजह से पहले निभाया, अब वह भी अपनी-अपनी उड़ानों में मस्त और व्यस्त थे।

जब मन की बात कोई करनेवाला न हो, जब मन की बातें कोई सुनने वाला न हो, तब किताबें कैसे खामोश हमसफर बन जाती हैं; स्मृति ने यह बहुत अच्छे से महसूस कर लिया था।

स्मृति यह भी जान चुकी थी कि शांति से जीवन गुजारने के लिए सौदे चलते-फिरते इन इंसानों के साथ ही नहीं होते, बल्कि सिर्फ किताबों में ही जिंदगी खोजने के भी होते है। तभी तो बहुधा किताबों से मिली शांति और खुशियाँ विभिन्न मुखोंटे लगाकर, उसके शांत होने के तरीकों का उपहास कर छलती हुई महसूस होती थीं। उम्र के अंतिम पड़ाव पर जब उसने विद्रोह किया भी, तो उसे किताबों जैसे हमसफर से बेहतर अन्य कोई विकल्प नहीं सूझा।

□

चूक तो हुई थी

"डॉ. वर्मा! माँ की तबीयत ज्यादा बिगड़ गई है। प्लीज! ऊपर चलकर देख लीजिए। उन्हें साँस लेने में भयंकर तकलीफ हो रही है।··· बार-बार आपको ही याद कर रही हैं।"

डॉ. वर्मा की क्लीनिक के ऊपर वाले फ्लैट में मिसेज कपूर रहती थीं। ज्यों ही मिसेज कपूर की बेटी कल्पना तेजी से दौड़ते हुए उनके चैंबर में दाखिल हुई, डॉ. वर्मा ने कल्पना से कहा—

"दो दिन पहले ही आंटी को मैंने पूरी तरह इन्वेस्टिगेट किया था, उन्हें व आपको सलाह भी दी थी, एक बार किसी अच्छे कार्डियक सेंटर पर जाकर उनके सारे इन्वेस्टिगेशन करवाइए। इन फैक्ट, पिछले छह महीनों से मैं यही बात बार-बार दोहरा रहा हूँ। फिर क्या हुआ? आप दोनों बहनें भी तो उस दिन वहीं थीं न!"

उम्र में मिसेज कपूर काफी बड़ी थीं। डॉ. वर्मा उन्हें आंटी कहा करते थे।

"आप ठीक कह रहे हैं डॉ. वर्मा। सुसराल में कुछ जरूरी काम होने से हम माँ को अस्पताल लेकर नहीं जा पाए। आपको तो पता ही है, माँ को अस्पताल ले जाना इतना आसान भी नहीं। वह अपने बिस्तर से उठकर कहीं जाना नहीं चाहतीं।"

जब भी कल्पना को माँ की वजह से डॉ. वर्मा के पास आना पड़ता··· वह यही सोचती, कितनी पंचायती है इनको! दिल्ली जैसे महानगर में सब इतना आसान है क्या? अप्रत्यक्ष रूप से खुद पर आरोप लगने से कल्पना तिलमिला गई थी। उसके चेहरे के भावों को पढ़कर डॉ. वर्मा उलझन भरे स्वरों में बोले—

"आसान नहीं था? दो बेटियों के होते हुए? या फिर···आप चलो··· आता हूँ देखने।" अपनी बात बोलकर डॉ. वर्मा ने टेक्नीशियन रवि को घंटी बजाकर बुलाया। रवि क्लिनिक के सभी चैंबर्स बंद करके लॉक लगा रहा था।

रात के साढ़े आठ बज चुके थे। कुछ देर पहले ही अपने सारे मरीज देखकर डॉ. वर्मा फारिग हुए थे। उन्होंने जाँच करने वाले सभी इंस्ट्रूमेंट्स अपनी ड्रॉअर में डालकर लॉक किया ही था कि मिसेज कपूर की बेटी दौड़ते हुए पहुँच गई थी।

"रवि! आपको कुछ देर और मेरे साथ रुकना होगा। अभी कुछ भी लॉक मत करना। क्या पता किस दवाई या इंस्ट्रूमेंट की जरूरत पड़ जाए।" डॉ. वर्मा ने रवि से कहा।

रवि पिछले बारह सालों से डॉ. वर्मा के यहाँ टेक्नीशियन का काम कर रहा था। उसका घर गाँव में होने से डॉ. वर्मा ने अपने फ्लैट का साइड रूम सभी सुविधाओं के साथ उसे दे रखा था। डॉ. वर्मा ही उसका परिवार थे। रवि मिसेज कपूर और उनकी बेटियों की फितरतों से अच्छे से वाकिफ था। वह न सिर्फ अपने दुःख-दर्द, बल्कि मिसेज वर्मा जैसे अन्य मरीजों की बातों को भी डॉ. वर्मा से साझा करता था।

डॉ. वर्मा अपना स्टेथोस्कोप और बी.पी. इंस्ट्रूमेंट उठाकर धीरे-धीरे मिसेज कपूर के घर की सीढ़ियों पर चढ़ने लगे। रवि भी क्लिनिक की बाहर से साँकल लगाकर उनके पीछे-पीछे मदद करने पहुँच गया।

डॉ. वर्मा की उम्र बहुत ज्यादा नहीं थी, मगर एक दुर्घटना की वजह से उन्हें कुछ महीनों से सीढ़ियाँ चढ़ने-उतरने में काफी तकलीफ होने लगी थी। वह मिसेज कपूर से कई बार बोल चुके थे—

"आंटी! आपकी बढ़ती बीमारियों से जुड़ी जाँचे करने की सभी सुविधाएँ मेरे पास नहीं हैं। आपको किसी बड़े अस्पताल में पूरा चेकअप करवाकर अपना इलाज लेना चाहिए।"

जब डॉ. वर्मा की सलाह सुनकर भी मिसेज कपूर के कानों पर जूँ तक नहीं रेंगती, तब उन्हें सलाह देना भी बेकार लगता। पाँच-छह साल पहले तक

तो मिसेज कपूर बीमारी-हारी होने पर खुद नीचे उतरकर दिखा जाती थीं। पर ज्यों-ज्यों उन्हें ज्यादा बीमारियों ने घेरा, उनका नीचे उतरना बंद हो गया था। पिछले छह महीने से वह अधिकतर बिस्तर पर ही लेटी रहतीं; सिर्फ जरूरी कामों के लिए उठती थीं।

मिसेज कपूर की जिद थी, 'कहीं और नहीं दिखाऊँगी, क्योंकि बड़े अस्पतालों का खर्च काफी रहता है।'···सच तो यही था कि वह डॉ. वर्मा को फ्री में दिखाती थीं। कोई दूसरा डॉक्टर ऐसा क्यों करता?

डॉ. वर्मा पिछले बाईस सालों से महानगर दिल्ली की एक लॉकेलिटी प्रीतमपुरा में जनरल प्रैक्टिस कर रहे थे। वह मिसेज कपूर के काफी सालों से फैमिली डॉक्टर थे। मिसेज कपूर भी इसी लॉकेलिटी में पिछले तीस सालों से रह रही थीं। उनके पति मिस्टर कपूर सरकारी नौकरी में थे। कुछ सालों पहले ही उनकी मृत्यु हुई थी। पढ़ी-लिखी बेटियों का निठल्ले लड़कों से शादी करना, माँ-बाप के दुःख का कारण था।

मिस्टर कपूर को समय-समय पर बेटियों की रुपयों से भी मदद करनी पड़ती थी। किसी एक लड़की की जरूरत पर मदद करते, दूसरी लड़की उतना ही रुपया अपने बैंक अकाउंट में ट्रांसफर करवा लेती थी। कल्पना और अल्पना भी दिए-लिए रुपयों का पूरा हिसाब-किताब रखती थीं। वह जब तक जिंदा रहे, चुपचाप करते रहे। उनके ऐसा करने पर भी मिसेज कपूर बहुत कलह करती थीं। माँ के कलह करने से बेटियाँ नाखुश थीं। दोनों इस कलह में माँ-बाप के रिश्ते को भी भूल जातीं। मिस्टर कपूर जब भी डॉ. वर्मा के पास आकर बैठते··उनसे अपने दर्द साझा करते।

'बेटा! तुम्हें लगता होगा, बाप होकर कैसी बातें बोलता हूँ? मगर मैं नहीं चाहता, मेरी बेटियाँ घर आएँ। दरअसल मेरे माँ-बाऊजी बहुत शांत प्रवृत्ति के थे। हमारे घर में रिश्ते निभाना प्राथमिकता थी और तुम्हारी आंटी के पीहर में रिश्तों से ज्यादा रुपयों की अहमियत थी। तभी उसे रुपए दाँतों से पकड़ने की आदत है। बेटियों ने भी यही सब सीख लिया है। जब रुपयों के लिए ऐसी काएँ-कलेश अपने घर में होते हुए देखता हूँ, तो जी बहुत दुखता है। शुरू-शुरू में सब सुधारने की बहुत कोशिश की··पर एक जने के सोचने से सुधार

नहीं होता। मुझे इन तीनों के व्यवहार से बहुत घबराहट होने लगी है। कहीं किसी रोज मुझे ही'…

अपनी बात बोलकर अंकल शांत हो जाते, मगर उनकी पीड़ा आँखों में साक्षात् तैर जाती। फैमिली डॉक्टर होने की वजह से डॉ. वर्मा को कपूर फैमिली की शारीरिक हिस्ट्री के अलावा पारिवारिक हिस्ट्री भी पूरी पता थी, जिसको अकसर कपूर फैमिली बगैर पूछे अपनी बीमारी के साथ-साथ डॉ. वर्मा से साझा करती रही थी।

एक ही बिल्डिंग में डॉ. वर्मा का क्लिनिक और मिसेज कपूर का घर होने के कारण, इमर्जेंसी न होने पर भी वक्त-बे-वक्त उन्हें बुला लिया जाता था। डॉ. वर्मा को अच्छे से पता था, मजबूरी का नाम महात्मा गांधी, इस व्यवसाय का स्वत: ही हिस्सा बन जाता है।

मिसेज कपूर के फ्लैट में डॉ. वर्मा ने ज्यों ही प्रवेश किया, उनकी छोटी बेटी अल्पना उन्हें मिसेज कपूर के बेडरूम तक लेकर गई। डॉ. वर्मा ने पल्स और बी.पी. चेक किया, जो काफी कम था। डॉ. वर्मा ने कुछ लाइफ सेविंग दवाइयाँ देकर बेटियों से कहा—

"आप दोनों जल्द-से-जल्द इन्हें किसी कार्डियक अस्पताल ले जाइए। प्रॉपर ऐड मिलने पर ही सुधार आ सकता है।" अपनी बात बोलकर डॉ. वर्मा वापस लौटने के लिए उठ खड़े हुए।

पचहत्तर वर्षीय मिसेज कपूर अधिक काम करने में सक्षम नहीं थीं। एक नौकरानी उनका व घर का खयाल रखने के लिए बेटियों ने रख दी थी। गत सात-आठ दिनों से उनकी तबीयत ऊपर-नीचे होने से बेटियाँ भी आ गई थीं। बेटियों ने आने के बाद शायद नौकरानी को फुल-टाइम से पार्ट-टाइम कर दिया था, तभी वह घर में दिखाई नहीं दी। डॉ. वर्मा को घर भी कुछ अस्त-व्यस्त नजर आया।

डॉ. वर्मा मिसेज कपूर को हिदायतें देने के बाद जब सीढ़ियों से नीचे उतर रहे थे, उनके दिमाग में महीने-दो महीने पहले की बातें घूमने लगी, जिन्हें वह नजरंदाज करते आए थे। उस रोज मिसेज कपूर ने अपनी नौकरानी को भेजकर उन्हें बुलाया था।

डॉ. वर्मा के पहुँचने पर मिसेज कपूर ने कहा—

"बेटा! मुझे कई दिनों से काफी खाँसी-जुकाम और बुखार है। कुछ बढ़िया दवाइयाँ लिख दे। हालाँकि तू चाहता है, मैं बड़े अस्पताल में दिखाऊँ, पर वहाँ मेरे साथ कौन जाएगा? कौन रहेगा?...सब मुश्किल दिखता है।"

हमेशा की तरह डॉ. वर्मा ने उनकी बातों को सुनकर चुपचाप दवाइयाँ लिख दी और अपनी बात पुनः दोहरा भी दी। डॉ. वर्मा को अच्छे से पता था कि जब रुपया बीच में आकर खड़ा हो जाएँ तो बिगड़े हुए रिश्तों के समीकरणों को सुधारना आसान नहीं होता। रिश्ते निभाने में की गई बेईमानियाँ और मनमानियाँ, खत्म होती उम्र में सिर्फ परिणाम दिखाती हैं।

मिसेज कपूर का सालोसाल का रिकॉर्ड था, उन्होंने कभी पूरी फीस नहीं दी। जबकि उनके पास रुपयों की कमी नहीं थी। मिस्टर कपूर जाने से पहले काफी रुपए छोड़कर गए थे। डॉ. वर्मा की फीस दो सौ रुपए है, मिसेज कपूर को पता था। वह उन्हें या तो पचास रुपए पकड़ा देतीं या फिर फीस नहीं देतीं। जब कोई खून जाँच या अन्य जाँच होती, उसके रुपए आधे से भी कम कर देती। डॉ. वर्मा अपने लिए कभी भी कुछ नहीं बोलते थे, मगर जब वह टेकनीशियन रवि के रुपए देने में भी ना-नुकुर करती थी, तब वह कह देते—

"आंटी! गरीब को सताना ठीक नहीं। रवि आपके बुलाने पर रात-बेरात भी इतने प्यार से आता है, और आपकी सेवा तीमारदारी करता है। आपको उसके घर आकर सैंपल लेने की फीस भी पता ही है।"

मिसेज कपूर डॉ. वर्मा की बातों को सुनकर भी नजरअंदाज कर देती। रवि ब्लड कलेक्शन करने या बी.पी. लेने के पचास रुपए लिया करता था। मिसेज कपूर रवि को हर बार बोलतीं—

'मेरे पास नहीं हैं इतने रुपए। मैं तुझे दस रुपए ही दूँगी।'

जब वह उन्हें घूरता, डाँट लगाकर भगा देती थीं। रवि की खुंदस मिसेज कपूर से थी। जो रुपए देने का वादा करके, घर के छोटे-मोटे काम करवाती थीं और रुपए देने की बारी आने पर मुकर जाती थीं। रवि को घर पर भी रुपया

भेजना होता था। उसका बस चलता तो वह आंटी के पास जाता ही नहीं। वह भी डॉ. वर्मा का लिहाज करके चुपचाप काम करता था।

यह आज से नहीं, मिस्टर कपूर के जाने के बाद से हमेशा ही हो रहा था। रवि हमेशा अपना गुस्सा डॉ. वर्मा को बातें बताकर उतारता—

"सर! आप मुझे कभी भी कपूर आंटी के यहाँ मत भेजा करिए। कपूर आंटी बहुत चीमड़ हैं। वह मेरी मेहनत के रुपए भी नहीं देतीं। जब मैं उनके यहाँ सैंपल या बी.पी. लेने जाता हूँ, घर के काम बता देती हैं। अकसर सब्जी-फल लाने का बोल देती हैं।...लेकर आओ तो नुक्ताचीनी करती हैं। कभी-कभी तो घर में सामान अंदर-बाहर करने को कह देती हैं। सर! आपने तो कभी अपने घर में मेरे से चाय तक नहीं बनवाई। उल्टा मुझे पिलाई होगी। उन्होंने तो वह भी कई बार बनवा ली है।"

रवि आंटी के लिए एक बार बोलना शुरू करता तो चुप नहीं होता।

"सर! आंटी अपना रुपया दाँत से पकड़ना जानती हैं, मगर दूसरे की मेहनत नहीं समझती। मैं तो चौबीस घंटे यहीं रहता हूँ...फल और सब्जीवाले भी उनसे कन्नी काटते हैं।"

डॉ. वर्मा रवि को समझाने की कोशिश करते हुए कहते—

"रवि! किसी की आदतों को सुधारना आसान नहीं होता। तुम मुझसे एक्स्ट्रा रुपए ले लिया करो।"

"सर! मैं आपसे रुपए क्यों लूँगा? यह रुपए मिसेज कपूर को देने चाहिए। ऐसा नहीं है कि उनके पास रुपयों की कमी है। मुझे तो उनकी नौकरानी ने बताया कि उनके पास काफी रुपया है। अंकल के जाने के बाद पेंशन भी आती है।"

रवि को मिसेज कपूर के घर की काफी जानकारी थी। तभी वह डॉ. वर्मा को सभी बातें बहुत विस्तार से बताता था।

मिस्टर कपूर जितने भले और सभ्य इनसान थे, उनका व्यवहार उतना ही शालीन था। अकसर जब कोई मरीज नहीं होता, वह डॉ. वर्मा के पास आकर बैठ जाते। अपनी पत्नी के व्यवहार से दुःखी थे, मगर अपनी बात कुछ इस तरह साझा करते कि कहीं भी मिसेज कपूर का नाम न आए। ठीक इसके

उलट, मिसेज कपूर थीं, जिन्हें अपने पति की गरिमा का बिल्कुल खयाल नहीं था। वह रुपयों के लिए किसी से भी लड़ लेती थीं। एक बार मिस्टर कपूर ने बहुत सटीक बात बोली थी—

'बेटा! हम सभी जानते हैं, मरने के बाद कुछ भी साथ नहीं जाएगा…फिर भी मक्कारियाँ करते हैं। अपने से कमजोर पर खूब जोर-आजमाइश करते हैं। हमसे ताकतवर हमारे सभी कर्मों का साक्षी कोई है, जिसके यहाँ देर है, पर अँधेर नहीं। बड़ा वही है, जो गलतियों को नजरंदाज कर दे।'

अपनी बात बोलकर मिस्टर कपूर खामोश हो जाते। वह खुद के परिवार की गलतियों से जुड़े अपराधबोध को छिपा नहीं पाते थे। उनकी बातें डॉ. वर्मा को बहुत अच्छे से समझ आती थी। मिस्टर कपूर की इज्जत करने की वजह से वह मिसेज कपूर के बुलाने पर कभी इनकार नहीं कर पाए।

पिछली बातों को नजरअंदाज कर डॉ. वर्मा ने एंबुलेंस को भी फोन करके बुला दिया और बेटियों पर जल्द-से-जल्द माँ को अस्पताल लेकर जाने के लिए दबाब डाला।

जैसे ही बेटियाँ माँ के ढाँचा हुए शरीर को फोल्डिंग पलंग पर सीढ़ियों से नीचे लाईं…अचानक हुए हृदयाघात ने उनकी उतरती-चढ़ती साँसों का साथ छोड़ दिया। कल्पना के डॉ. वर्मा को चेक करने के लिए बुलाने पर उन्होंने मिसेज वर्मा को मृत घोषित कर दिया।

एंबुलेंसवाले के रुपए माँगने पर दोनों बेटियाँ बगलें झाँकने लगीं। दोनों की आँखों को देखकर लग रहा था कि दोनों में से किसी को रुपया देने की जल्दी नहीं है या फिर वह सोच रही थीं जिसने एंबुलेंस बुलाई वही रुपया दे।

दोनों की प्रतिक्रियाहीन आँखों को देखकर एंबुलेंसवाले ने मिसेज कपूर की देह को एंबुलेंस से उतारकर नीचे फोल्डिंग पलंग पर वापस रख दिया। फिर वह क्लिनिक के पास आकर खड़ा हो गया। डॉ. वर्मा ने एंबुलेंसवाले को रवि के हाथ रुपया भिजवा दिया…ताकि वह फ्री हो सके।

माँ के चले जाने पर दोनों बेटियाँ एकाएक बहुत जोर से रोईं, मगर फिर सामान्य हो गई। रोने से ज्यादा शायद उनके लिए दूसरी चिंताएँ बड़ी थीं। एक

बार डॉ. वर्मा ने मिसेज कपूर से पूछा भी था···'आपकी बेटियों के घर आने पर इतना झगड़ा क्यों होता है?'

'मेरी बेटियाँ मेरे जीते जी मेरा पैसा चाहती हैं और मैं अपना रुपया किसी को नहीं दूँगी। मेरे पति ने बहुत रुपए लुटाए हैं इन पर···अब मेरे पास नहीं है।'

मिसेज कपूर की बात सुनकर डॉ. वर्मा ने उन्हें समझाने की कोशिश भी की थी—

'आंटी! आप अकेली रहती हैं। कम-से-कम अपनी बेटियों को किसी भी तरह निश्चिंत करिए, ताकि वह बीच-बीच में आकर आपकी देखभाल कर सकें। अब आपको चौबीस घंटे कोई-न-कोई चाहिए; नहीं तो आप कोई दूसरा विकल्प सोचें। आपके घर की बातें पूरी लॉकेलिटी में चर्चित हैं।'

मिसेज कपूर बहुत अड़ियल औरत थीं। उन्हें लगता था कि नौकरानी के भरोसे वह अपनी शेष जिंदगी निकाल देंगी। दोनों बेटियों का बिन बुलाए, मन-मर्जी आना और जाना होता था।

मिसेज कपूर की मृत देह देखकर आस-पड़ोस के लोग एक बार जमा हो गए। मगर जैसे ही बेटियाँ माँ की मृत देह को सीढ़ियों के पास छोड़कर ऊपर गईं···लोग जैसे-जैसे इकट्ठा हुए थे···धीरे धीरे देह के पास से हट गए।

डॉ. वर्मा से यह सब देखा नहीं गया। रात के साढ़े दस बज चुके थे। वह पिछले दो घंटों से घर जाने का सोच रहे थे। पर कुछ-न-कुछ ऐसा ही रहा था, जिसकी वजह से वह निकल नहीं पा रहे थे।

तभी मिसेज कपूर के फ्लैट से अलमारियों के खुलने और बंद होने की आवाजें आने लगीं। आती आवाजों से ऊपर के हाल-चाल का अंदाजा हो रहा था। डॉ. वर्मा के पास बैठा रवि कयास लगा-लगाकर डॉ वर्मा को रनिंग कमेंट्री दे रहा था—

"सर! दीदियाँ शायद मिसेज कपूर का रुपया-पैसा, जेवर और विल खोज रही होंगी, तभी अलमारियों के खोलने की आवाजें आ रही हैं।"···अपनी बात बोलते-बोलते रवि के चेहरे पर आई कुटिल हँसी डॉ. वर्मा को निःशब्द कर सोचने पर मजबूर कर रही थी।

दोनों बेटियाँ नौकरी करती हैं, तो फिर इतना नाटक क्यों हो रहा है? डॉ. वर्मा की समझ से उनका व्यवहार बाहर था। कुछ ही देर बाद आपस में ऊल-जलूल बहस करती हुई अल्पना और कल्पना सीढ़ियों से धड़ाधड़ नीचे उतरीं और डॉक्टर वर्मा से बोलीं—

"आप प्लीज, ऊपर चलिए और हम दोनों के बीच में सुलह करवाइए।"

मरता क्या न करता, डॉक्टर वर्मा फिर से रवि को साथ लेकर ऊपर पहुँचे। अलमारियों का बिखरा हुआ सामान देखकर डॉ. वर्मा को घबराहट हुई। अब काफी बातें उन्हें समझ आ गईं। कपूर साहिब की वजह से वह बार-बार कमजोर पड़ जाते थे। साथ ही सालों से इसी लॉकेलिटी में प्रैक्टिस करने के कारण उन्हें आस-पास के लोग अपने से ही लगते थे।

डॉ. वर्मा ने दोनों को समझाने की कोशिश की—

"आप दोनों पहले नीचे पड़ी अपनी माँ की देह को सँभालो। रुपया कहीं नहीं भागा जा रहा। वह बाद में भी तुम दोनों का ही है।"

रुपए की वजह से दोनों बहनों का आपस में भी विश्वास खो चुका था। दोनों को बस यही लग रहा था, एक बार पता चल जाए विल, सारा रुपया या जेवर कहाँ रखा है, ताकि किसी एक की नजर में पहले आने से, वह दूसरे के साथ मक्कारी न कर दे! भरोसे के बीज माँ ने बोए ही नहीं थे। रुपए की अति चाहत ने आपसी भरोसे उठा दिए थे।

बैंक से भी माँ को मिलने वाला फॅमिली पेंशन का रुपया, दोनों साथ जाकर निकलवाती थीं। कहाँ, कितना खर्च होता होगा और कितना बचता होगा, दोनों को भली-भाँति पता था। अब डॉ. वर्मा को आभास हुआ, क्यों इन्होंने सात-आठ दिन से फुल-टाइम नौकरानी को पार्ट-टाइम कर दिया? क्यों ऊपरी फ्लैट से गुजरे दिनों में ज्यादा आवाजें आती थीं? मिसेज कपूर की तो सिर्फ रोने की आवाज सुनाई देती थीं। कहीं दोनों बेटियों ने उन्हें···अपनी बात को सोचते-सोचते डॉ. वर्मा ने अपनी विचार-शृंखला को झटका ही था कि—

लड़ते-झगड़ते दोनों बेटियों में से एक ने माँ के बिस्तर का गद्दा चादर समेत उलट दिया। गद्दा दो तरफ से हाथ से सिला हुआ था। उसकी बनावट देखकर दोनों बेटियों को आभास हो गया कि रुपया कहाँ है? जब

तक माँ उस पर लेटी हुई थी, दोनों ने कुछ सोचा ही नहीं, पर अब वह बिस्तर खाली था।

डॉ. वर्मा और रवि अचंभित होकर दोनों का नाटक देख रहे थे। वे बार-बार उठने की कोशिश करते, मगर कुछ-न-कुछ ऐसा हो जाता, उठ नहीं पाते। आज पहली बार रुपयों के लिए प्रत्यक्ष में नंगा नाच होता हुआ, वे दोनों देख रहे थे।

जब गद्दे को एक तरफ से खोला तो उसके नीचे नोटों की गड्डियों को न जाने कब से सेट किया हुआ था। इसी गद्दे पर मिसेज कपूर सोती थीं। रुपयों को बचाने के चक्कर में न जाने कितने सालों से नोट लगे बिस्तर पर वह सोती रहीं।

अब कल्पना और अल्पना के बीच शांति थी। दोनों गद्दे में मिले रुपयों को गिनने में व्यस्त हो चुकी थीं, शायद उन्हें रुपयों को आधा-आधा रात में ही बाँटना था।

डॉ. वर्मा उसी वक्त अपने घर के लिए निकल गए, क्योंकि उन्हें पता था कि अब आगे क्या होना है ? जाते-जाते डॉ. वर्मा ने रवि से बोला—

"मुझे नहीं लगता, इन्हें रात भर अपनी माँ का खयाल आएगा! अगर तुम खयाल रख सको···तो रख लेना।"

सवेरे दस बजे डॉ. वर्मा जब अपने क्लिनिक आए···मिसेज कपूर की देह अब उनके फ्लैट के सामने वाले चौड़े प्लेटफॉर्म पर पहुँच चुकी थी। देह के बगल में एक कुत्ता सो रहा था। बेटियों ने बॉडी को अच्छे से कवर कर दिया था। घर की सफाई न करवानी पड़े, शायद इसलिए बेटियों ने देह को घर के अंदर नहीं लिया था। बेटियों की प्लानिंग में रिश्तों के साथ, इनसानियत भी खो गई थी।

डॉ. वर्मा ने रवि से पूछा—

"क्या हुआ रवि ? तुम्हें ध्यान रखने को बोला था न ?"

"सर! मैने दो-तीन बार देखा। रात एक बजे तक तो देह सीढ़ियों के नीचे ही थी। जब मुझे नींद आने लगी, मैंने ऊपर जाकर दीदियों को आवाज लगाई। दो बार घर की घंटी भी बजाई; पर दरवाजा नहीं खुला। शायद सो गई

होंगी। मैं भी कब तक जागता? उन दोनों ने ही पीछे से सँभाला होगा, तभी तो देह नीचे से ऊपर पहुँच गई।"

इतना रुपया होने के बाद भी मिसेज कपूर ने डॉ. वर्मा या रवि को उनकी मेहनत का रुपया कभी नहीं दिया। जब मरी तो रात भर अकेली पहले सीढ़ियों के नीचे और फिर ऊपर सीढ़ियों पर ही पड़ी रहीं। सड़क का कुत्ता उनकी चौकीदारी करता रहा। कोई अपना साथ तो क्या, देखनेवाला भी नहीं था। डॉ. वर्मा या रवि ने उनके यहाँ कभी किसी रिश्तेदार को भी आते-जाते नहीं देखा था।

तभी रवि ने मुसकराते हुए डॉ. वर्मा को बताया—

"सर! बाहर स्वर्ग-वाहन आ गया है। इनमें से कौन-कौन स्वर्ग जाएगा, यह तो भगवान् ही जाने? अँधेरे में ही इन्होंने आंटी के शायद कपड़े भी बदले होंगे।"

रवि फिर थोड़ा गंभीर होकर बोला—

"सर! इतने गए-गुजरे तो हम गरीब भी नहीं होते!"

रुपया मिलने से उनके झगड़े की कुछ वजह खत्म हो गई थी, पर अभी भी बहुत कुछ बाकी था। दोनों को घर बेचकर रुपया भी आधा-आधा करना था। डॉ. वर्मा यह सब सोच ही रहे थे कि रवि ने वापस आकर उनसे कहा—

"सर! अभी तो फिल्म तीन-चौथाई ही खत्म हुई है। लास्ट सीन की कुछ क्लिपिंग्स अभी बाकी हैं। जब यह घर बिकेगा, बाकी बची हुई क्लिपिंग्स भी दीदियाँ दिखवाएँगी। हमें तैयार रहना चाहिए।"

अपनी बात बोलकर रवि जोर से हँस दिया। रवि की बातें सुनकर डॉ. वर्मा ने चुपचाप अपने मरीज देखने शुरू कर दिए। वे अब सोचने लगे थे—

'कहते हैं मरने के बाद तेरह दिनों तक आत्मा घर में ही रहती है। मिसेज कपूर अगर कहीं से अपनी बेटियों को देख रही होंगी तो शायद कहीं-न-कहीं बेटियों के किए पर उन्हें अफसोस हो रहा होगा! शायद न भी हो रहा हो! उन्होंने भी तो कभी किसी से प्यार से बात नहीं की थी। न ही किसी की मेहनत का रुपया दिया। पर जब चोट खुद के सीने पर लगती है, तो··· । मिसेज कपूर

से जीने और बेटियों के लालन-पालन के तरीके में कहीं-न-कहीं चूक तो हुई थी। नहीं तो उनकी इतनी दुरगति नहीं होती।'

डॉ. वर्मा का दिमाग अब बुरी तरह खराब हो चुका था। अपने विचारों की श्रृंखला पर किसी तरह विराम लगाकर, वे अपने मरीजों में ध्यान लगाने लगे। डॉ. वर्मा के लिए तो उनके मरीज ही भगवान् थे और मरीजों के लिए डॉ. वर्मा भगवान् थे।

□

टूटते मोह

"जतिन! तुम्हें सैकड़ों बार बोल चुका हूँ···साठ पार मेरी भी उम्र हो चुकी है। अब तुम्हें नियमित रूप से ऑफिस आना चाहिए। वकालत जमाने में भी काफी समय लगता है। अभी तो मैं काम सिखाने व समझाने के लिए हूँ, मगर आता-जाता वक्त किसने देखा है?"

बढ़ती उम्र के साथ कामता प्रसाद के गुस्से के बुलबुले कुछ ज्यादा ही फटने लगे थे। इकलौते बेटे की मनमानियों ने उनकी रातों की नींद खराब कर दी थी। बेटा छब्बीस बरस का होनेवाला था, पर अभी तक उसे खुद की कमाई शुरू करने की कोई चिंता नहीं थी। सालों मन्नत माँगने के बाद उन्हें संतान-सुख मिला था। अब वही संतान आँखों के कोरों में छिपी नमी बन गई थी।

ऐसा भी नहीं था कि पति-पत्नी ने उसे जरूरत से ज्यादा लाड़-प्यार दिया हो, जिसकी वजह से वह बिगड़ गया हो। उनके घर का वातावरण बहुत संतुलित व संस्कारवान् था; बस, समय साथ नहीं था।

हर चौथे-पाँचवें दिन की यही रामायण थी। युवा बेटे को ऑफिस जाने के लिए प्रेरित करना; पति-पत्नी के लिए बहुत टेढ़ी खीर थी। वकालत की पढ़ाई बेटे ने अपनी मर्जी से की थी। उसकी रुचि नौकरी करने में भी नहीं थी। जिसका मन कहीं और रमा हो···उसका कोई क्या करे?

'बाऊजी! कल से समय पर ऑफिस पहुँच जाऊँगा। आप चिंता न करें।'

हर बार ऐसा ही बोलकर जतिन अपने बाऊजी को शांत कर देता, पर कभी अपनी बात पर अमल नहीं करता। पिछले दो साल से यही हो रहा था। जतिन तीन बजे के बाद ऑफिस पहुँचता था। मुश्किल से डेढ़-दो घंटा वहाँ

ठहरकर वापस निकल जाता था। यह भी हफ्ते में सिर्फ दो या तीन दिन का नियम था।

कामता प्रसाद के गुस्से और प्यार से समझाने पर भी जतिन के कानों पर कभी जूँ तक नहीं रेंगी। कामता प्रसाद अकसर थक-हारकर पत्नी जानकी से कहते—

"जानकी! जतिन को समझा-समझाकर थक चुका हूँ। यह लड़का क्यों नहीं समझता, रात-दिन जो सुविधाएँ मिल रही हैं, उन्हें अर्जित करने के लिए कड़ी मेहनत करनी पड़ती है। जब तक लड़का कमाए-धमाए नहीं, मैं उसकी शादी-ब्याह के बारे में भी नहीं सोच सकता। न जाने कब हम अपनी जिम्मेदारियों से मुक्त होंगे?"

"आप अपने मन को शांत रखने की कोशिश करिए। आपका ब्लड-प्रेशर भी इसी वजह से बढ़ा रहता है। अब हमारी भी उम्र बहुत गुस्सा करने की नहीं रही। चौदह-पंद्रह बरस की उम्र से ही वह अपने गुरु की हमसे ज्यादा सुनता रहा है। मुझे तो लगता है, इसने जन्म हमारे यहाँ लिया है, पर इसका घर कोई और है।"

जानकी अपनी बात बोलते हुए रूआँसा हो आती। फिर मन-ही-मन बुदबुदाती···

'पहले संतान की चाहना में मंदिर-मंदिर फिरो। उसे पालो-पोसो···फिर वही संतान रात-दिन किसी और की बातों को सुने और उसकी चाकरी ऐसे करे···जैसे खुद के घर में तो मूर्खों का वास है! हर बार समझाने की कोशिश करती हूँ, पर जवान लड़के की दलीलों के आगे मेरी ममता भी हार जाती है।'

कामता प्रसाद और जानकी के सामने अतीत बार-बार आकर खड़ा हो जाता था। जतिन चौदह-पंद्रह साल की उम्र से ही स्कूल के बाद खाना खाकर सीधा अपने गुरुजी के घर पहुँच जाता था। फिर देर रात को घर में घुसता था। जब भी वे पूछते···बोलता 'गुरुजी के साथ था।' उसने कभी भी संतुष्टि भरा जवाब नहीं दिया।

शुरू-शुरू में तो पति-पत्नी सिर्फ कयास लगाते रहे कि जतिन का गुरु उसे स्कूल में भी पढ़ाता है, तो पढ़ने में मदद करता होगा। मगर जब वह गुरु

के साथ कुछ ज्यादा ही वक्त बिताने लगा, तब उन्हें बेटे के नशे के आदी होने का भी शक हुआ। कामता प्रसाद ने जतिन के पीछे जासूस लगाए, ताकि पता चल सके कि वह कहाँ-कहाँ जाता है?···किन लोगों के साथ उठता-बैठता है? मगर कुछ खास पता नहीं चला।

ऐसे में कामता प्रसाद के दिमाग में होमोसेक्सुअलिटी और साधु-बाबाओं से जुड़े वो सारे केस घूमते थे, जिन्हें उन्होंने अदालत में देखा था। चूँकि उन्हें अपने बेटे के व्यवहार में कभी कोई विकृति नहीं दिखाई दी; तभी वह कोई कड़ा निर्णय नहीं ले पाए। सच यह भी था कि वह किशोर अवस्था में बढ़ते हुए अपने बच्चे के तेवरों से भी डरे हुए थे कि कहीं वह कोई गलत निर्णय न ले ले!

बढ़ती उम्र के साथ पति-पत्नी के दिमाग में एक ही खयाल आता था कि भविष्य में बेटे से कोई अपेक्षा करें या न करें? बेटे के भविष्य के बारे में सोचते ही दोनों का दिमाग में शून्य पसरने लगता था। बेटा वकालत करने के बाद भी अपना भविष्य नहीं सोच पा रहा था। वह तो अपने जीवन की लुटिया खुद ही डुबोने के लिए तैयार बैठा था।

अकसर कामता प्रसाद जानकी से कहते थे—

"जानकी! हम अपने रात और दिन बेटे की चिंता में गुजारते हैं। एक वह है, जिसे अपने माँ-बाप की इच्छाओं से ज्यादा गुरुजी की इच्छाओं के बारे में पता होगा। इसका तो मन उन्हीं के साथ रहता है। जब भी बात करो···यह अपने गुरुजी से जुड़ी हुई कोई-न-कोई बात करेगा।"

"मेरा भी मन यही सब सोचकर बहुत खराब होता है। मगर जो हमारा होकर भी हमारा न हो, उसके बारे में आप भी ज्यादा मत सोचिए।" जानकी टूटे मन से कामता प्रसाद को समझाने की कोशिश करती।

"समझ नहीं आता, कैसे शांत रहूँ जानकी? कुछ दिन पहले जब जतिन को काम के बारे में समझा रहा था, वह बोला—

'मेरा मन पूजा-पाठ और साधना में ज्यादा रमता है बाऊजी। रोज-रोज आपका एक ही बात बोलना, मुझे अच्छा नहीं लगता। मैं कोई छोटा बच्चा नहीं हूँ। अगर आपकी बातों से मेरा मन ज्यादा अशांत हुआ, ऑफिस तो क्या, घर भी नहीं आऊँगा।'

"उसकी बातें सुनकर मैं बहुत भड़क गया था। मैंने पूछा···'कहाँ जाएगा, बता?' जानती हो, क्या बोला—

'गुरुजी का घर मेरा ही है। वह बहुत स्नेह रखते हैं। उनके बगैर मेरा जीवन निरर्थक है। आप बार-बार मुझे काम-काम मत कहा करिए। मैं कुछ-न-कुछ कर लूँगा। मेरे गुरुजी कहते हैं, तू मेरी ही संतान है; मेरा संबल है। वह मुझे कभी नहीं छोड़ेंगे। अगर मैंने उन्हें छोड़ दिया तो मेरा जीवन खत्म हो जाएगा।'

जतिन की ऊटपटाँग सी बातें सुनकर मैंने उसे बोला—

'उन्हें छोड़ने से तेरा जीवन खत्म हो जाएगा और तेरे न होने से हमारा जीवन?···सोच तो जरा···क्या अनाप-शनाप बोल रहा है? तेरा अपना खर्चा भी इसी ऑफिस से निकल रहा है। अदालत में बहुत सारे केस मैंने देखे हैं। कुछ-न-कुछ तो तेरे गुरुजी ने भी सोच रखा होगा, जो तुझे अभी दिख नहीं रहा है। कभी मुझे अपने गुरुजी से भी मिलवा, ताकि मैं उस व्यक्ति को परख सकूँ।'

दोनों पति-पत्नी बेटे की बातें आपस में साझा कर मन को शांत करने की कोशिश करते थे। संतान की ऐसी लापरवाही वाली बातें उनके कलेजे में शूल-सी चुभती थी। जतिन को लेकर दोनों ने जो स्वप्न देखे थे, वो टूट रहे थे।

दो दिन बाद जतिन अपने गुरुजी को लेकर सच में ही ऑफिस भी पहुँच गया। कामता प्रसाद सोचते थे कि साधनारत अध्यात्मिक साधु चेले-चपाटों को लेकर नहीं घूमते होंगे! पर वो तो झुंड में पहुँचे थे।

कामता प्रसाद ने जानकी को सभी बातें विस्तार से बताई कि उन्हें जतिन का गुरु अक्खड़ और घोर अहंकारी व्यक्ति लगा। जिसने जतिन की मासूमियत और विवेक पर कब्जा कर रखा है। जब तक वह उनके ऑफिस में बैठा, अपनी ही अपनी बातें बोलता रहा। अगर बीच में वह कुछ बोलने की सोचते, तो बोलने नहीं देता।···शायद सोच रहा था, जैसे बेटे की बुद्धि फेर दी है, उनकी भी फेर देगा! कामता प्रसाद की बातों को सुनकर जानकी ने पूछा—

"कितनी देर बैठे इसके गुरुजी?"···

"आधा-पौना घंटा बैठा होगा। जब उसे अपनी दाल गलती हुई नहीं

दिखी तो चला गया। जतिन को बरगलाने के पीछे उसका क्या मकसद है,··· मैं काफी कुछ समझ गया हूँ, पर जवान संतान माँ-बाप को किस-किस तरह से डरा सकती है, आज महसूस कर रहा हूँ। तुम ध्यान रखना जानकी! मेरे मरे पीछे यह गुरु घर नहीं आना चाहिए।" अपनी बात बोलकर कामता प्रसाद फिर से गुजरी बातों में खो गए।

"शुभ-शुभ बोलिए आप। बाकी सब ईश्वर पर छोड़ दीजिए। वह जो भी निर्णय लेगा, हमें स्वीकार करना होगा।" जानकी ने कामता प्रसाद को बीच में ही टोककर कहा।

कामता प्रसाद ने बहुत ईमानदारी से वकालत करके जो रुपया-पैसा कमाया, उसे लोगों की सेवा में भी लगाया। पर बेटा उनके रुपयों को अपने गुरुजी पर उड़ा रहा था। बेटे की हरकतों की वजह से उन्हें अपनी झोली में छेद ही छेद होते नजर आ रहे थे।

घर का काम हो या ऑफिस का, पढ़ी-लिखी पत्नी जानकी का पूरा-पूरा सहयोग था। मगर अपनी ही संतान से हारे हुए व्यक्ति की पीड़ा कोई भुक्तभोगी ही महसूस कर सकता था।

अगले ही दिन सवेरे-सवेरे जतिन को नाश्ते की टेबल पर पाकर जानकी को थोड़ा अचरज हुआ। काफी सालों से जतिन ने उनके साथ नाश्ता तो क्या, खाना भी नहीं खाया था। जानकी ने बहुत प्यार से उसे नाश्ता परोसकर उसके ही मन की बात करके टोह लेने की सोची—

"बेटा! तुम लोग गुरुजी के साथ किस तरह साधना करते हो?···और किन विषयों पर चिंतन-मनन व चर्चाएँ करते हो? मुझे भी बताओ?"

"असंख्य विषय हैं माँ। बहुत सारे लोग गुरुजी के पास आते हैं। सभी बहुत पढ़े-लिखे हैं। सब गुरुजी को बहुत मान-सम्मान देते हैं। तभी तो वे सब···।" अचानक आगे बोलते-बोलते जतिन ने अपनी जुबान को सख्ती से रोक लिया और बात बदलते हुए बोला—

"हमारे गुरुजी ब्रह्मज्ञानी हैं। जो बोल देते हैं, वही होता है, मगर आपको मेरी बातें समझ नहीं आएँगी। इसलिए मैं आप लोगों को कुछ भी नहीं बताता हूँ। एक बात ध्यान रखिएगा, मैं गुरुजी का साथ कभी नहीं छोड़ूँगा।"

जतिन ने अपनी अंतिम बातें बहुत जोर डालकर बोली थी। उसके बात करने के अंदाज से जानकी असंयत होकर बोल पड़ी—

"वहाँ इतनी-कितनी चर्चाएँ होती हैं?...जो हर रोज आठ से दस घंटे एक साथ होने पर भी समय पूरा नहीं पड़ता? कभी खुद के भविष्य के लिए भी चिंतन-मनन किया करो बेटा! खुद को दूसरों से हँकवाना भी गलत है।"

जब माँ की पूरी बात सुने बगैर ही वह नाश्ता करके उठ गया, तब जानकी को अहसास हुआ कि वह तो उन दोनों की ही टोह लेने आया था। एक दिन पहले ही तो उसके गुरुजी ऑफिस पहुँचे थे। कामता प्रसाद माँ-बेटे की बातों को ध्यान से सुनते रहे, मगर कुछ नहीं बोले।

घर में रुपए-पैसे की कमी नहीं है; यह बात गुरुजी भली-भाँति भाँप चुके थे। जतिन का रुपयों से जुड़ा कोई काम रुक नहीं रहा था। जब भी उसको रुपया चाहिए होता...या तो वह अपने उस एकाउंट से निकाल लेता, जिसे कामता प्रसाद ने खुलवाया था, या फिर जानकी से माँग लेता। मना करने पर कई-कई दिनों तक उनसे बात नहीं करता। उसका व्यवहार पति-पत्नी दोनों को बहुत आहत करता था, मगर उसे कभी कोई पश्चाताप नहीं हुआ। इतनी बड़ी संतान को बार-बार टोकना भी गले में घंटी बाँधने जैसा था। खुद की बेइज्जती से बचने के लिए पति-पत्नी ने बेटे से संवाद कम कर दिया था।

उस दिन के बाद जतिन ने तीन से पाँच बजे तक ऑफिस जाना शुरू कर दिया। हफ्ता भर ही गुजरा होगा कि एक दिन अचानक ऑफिस में काम करते-करते कामता प्रसादजी को जतिन की उपस्थिति में दिल का दौरा पड़ा।

जतिन ने जब तक स्टाफ की मदद से उन्हें गाड़ी में बैठाकर डॉक्टर के पास ले जाने की तैयारी की, उनके प्राण-पखेरू उड़ गए। बेटे को काम सिखाने की उनकी चाहत ने भी उनके साथ ही विदाई ले ली।

जानकी निज में बहुत हिम्मती महिला थीं, मगर कामता प्रसादजी के अचानक चले जाने से वह बौखला गईं। विपदा की इस घड़ी में उन्होंने जतिन की मदद से घर और बाहर से आनेवालों की सभी व्यवस्थाएँ सँभाल लीं।

कामता प्रसादजी के स्नेह, प्रेम व सेवा-भाव की वजह से घर में आनेवालों का ताँता लगा हुआ था। काफी लोग कामता प्रसादजी को अंतिम

विदाई देने विश्रामस्थल तक गए। कामता प्रसादजी का अंतिम-संस्कार अगले दिन सवेरे-सवेरे ही कर दिया गया।

अंत्येष्टि वाले दिन ही शाम को जानकी ने देखा कि जतिन किसी व्यक्ति को बड़े आदर सत्कार के साथ अंदर ला रहा था, जिनके पीछे-पीछे कई लोग चले आ रहे थे। उस पल में जतिन के मुँह पर पिता बिछोह की पीड़ा लेशमात्र भी नहीं थी। उसके चेहरे पर जो चिंता नजर आ रही थी, वह उस व्यक्ति से संबंधित थी। उसे कहाँ बैठाया जाए, ताकि गर्मी न लगे? उन्हें पानी पिलाया गया है या नहीं? जतिन के लिए उस समय आने-जानेवाले दूसरे सभी लोग, गैर-जरूरी हो गए थे। जतिन की हरकतों को देखकर जानकी को समझ आया कि यही जतिन के गुरुजी हैं। जानकी ने उनके बारे में सुना ही सुना था, मगर कभी मिली नहीं थी।

गुरुजी को देखकर जानकी को कामता प्रसादजी की बात याद आई। उन्होंने अपने बेटे को भी बोला था…'इस आदमी का हमारे घर में कभी प्रवेश नहीं होगा।' ऐसे में जानकी को बेटे का अपने बाऊजी की बात का मान न रखना, बहुत अखरा, मगर वह रिश्तेदारों के सामने कुछ भी नकारात्मक नहीं करना चाहती थी, इसलिए यंत्रवत् सब देखती रही।

तीसरे दिन उठावनी होते ही जतिन ने गुरुजी के यहाँ जाना शुरू कर दिया। उसका अपने बाऊजी की मृत्यु के बाद होने वाले संस्कारों को प्राथमिकता न देकर, गुरुजी को प्राथमिकता देना जानकी की समझ से परे था। जानकी ने एकांत में जतिन को बहुत धीमे स्वर में टोका भी—

"जतिन! तुमने तो उठावनी होते ही अपने गुरुजी के यहाँ जाना शुरु कर दिया! तुम्हारे गुरुजी ने नहीं समझाया कि पहले पुत्र-धर्म निभाओ?"

जानकी की बात पर जतिन ने अपना स्पष्टीकरण दिया—

"उठावनी के बाद लोग अपने-अपने काम पर निकल ही जाते हैं। इसलिए मैंने भी जाना शुरू कर दिया। मैं एक दिन भी वहाँ नहीं जाता हूँ तो मुझे बहुत खालीपन लगता है।"

जतिन ने अपनी माँ से सलाह लिये बगैर ही खुद निर्णय ले लिया था, यह बात जानकी को तोड़ गई।

"गुरुजी के यहाँ ऐसे कौन-से काम करते हो? तुम्हें नहीं लगता, अपनी माँ के पास रुकना चाहिए था?" अपनी बात बोलते हुए जानकी को रोना आ गया। कमजोर पलों में वह बेटे से छोटी-सी अपेक्षा कर बैठी थी!

"आप कहती हैं तो उनके पास थोड़ी देर के लिए ही जाऊँगा।"

उस दिन के बाद जतिन ने तो सवेरे दो घंटे के लिए जाना शुरू कर दिया, मगर उसके गुरुजी और शिष्यों ने शाम से ही जानकी के घर पर जमघट लगाना शुरू कर दिया।

पाँचवें दिन घर में किसी काम से घूमते हुए अनायास ही जानकी का ध्यान गुरुजी के पास उठने-बैठनेवाले लोगों की आवाजों पर गया। गुरुजी कामता प्रसादजी के भतीजे विजय को अपने पास बैठाकर कुछ बातें बता रहे थे—

'जतिन तुम्हारा बड़ा भाई है विजय। हम उसके गुरु आज से नहीं, सालोसाल से है। हम तुम्हें अपने शिष्यों से परिचय करवाते हैं। यह मोहन हैं, बहुत बड़े बिजनेसमैन हैं। हमारे यहाँ यह रोज ही आते हैं। जब यह परेशान थे, हमने इनका मार्गदर्शन किया। हमने इन्हें बताया, क्या करना है?...क्या नहीं? आज तुम देखो, इनके ऊपर लक्ष्मी जी की अपार कृपा है। हम जो भी सत्कर्म करते हैं, यह दिल खोलकर हमारी मदद करते हैं।

'यह इंजीनियर श्रीकांत हैं। बहुत बड़ी जगह पर ऑफिसर थे, पर हमारे एक बार बोलने से नौकरी को लात मारकर आ गए। अब हमारे यहाँ की सभी व्यवस्थाएँ देखते हैं। यह जो तुम्हारे सामने बैठे हैं, यह भी एक बड़ी कंपनी में मैनेजर थे। इनको भी हमारे यहाँ आने से बहुत संबल मिलता है।

'तुम अपने बड़े भाई जतिन को तो जानते ही हो...जो वकील बनकर पिता की तरह वकालत करना चाहते थे, पर चूँकि यह हमारे पास बचपन से ही आ रहे हैं, तो हमारा इन पर विशेष प्रेम है। हमने इन्हें वकालत करने से रोका और हमारे साथ जुड़े रहने के लिए प्रेरित किया। जतिन भी हमारा काम देखता है।

'आज तुम देखो, हमारे पास जो भी लोग आते हैं, कितने संतुष्ट हैं। यह सब लोग संसार में रहकर अध्यात्मिक सेवा भी कर रहे हैं। तुम भी हमारे यहाँ आओ और साधना से जुड़ो।'

अब जानकी को समझ में आया कि जतिन क्यों वकालत नहीं करना चाहता था? अब जानकी को गुरुजी की मक्कारियों का आभास हो चुका था। मृत्यु के अवसर पर आए हुए लोगों के बीच यह गुरु अपनी मार्केटिंग कर रहा था।

जानकी के कानों तक ज्यों ही उनकी बात पहुँची कि उन्होंने ही जतिन को वकालत करने से रोका है, उसकी साँस वहीं की वहीं थमकर रह गई। उसे बहुत अफसोस हुआ। कामता प्रसादजी अपने बेटे के लिए क्या-क्या सोचते थे और उनका बेटा···इस घटना ने जानकी के सामने गुरुजी के मकसदों का काला चिट्ठा खोलकर रख दिया था। जानकी को तुरंत समझ आ गया था कि कैसे गुरुजी अपने चेलों का उपयोग व उपभोग करते हैं!

जानकी को लगातार तेरह दिन तक गुरुजी और उनके शिष्यों के दर्शन, न चाहते हुए भी करने पड़े। जानकी नि:शब्द मूकदर्शक बनी दिल-मसोसकर रह गई। कुछ ज्यादा कहती तो आने-जानेवाले लोग उसके परिवार के बारे में अनाप-शनाप बातें बनाते।

तेरहवीं वाले दिन ब्राह्मणभोज था। पूजा-पाठ व संस्कारों से जुड़ा सब काम विधिवत् निबट गया। जानकी ने दुनियादारी निभाने को बेमन से जतिन की पगड़ी रस्म भी करवाई।

उस दिन भी गुरुजी सवेरे से आकर घर में बैठ गए और हर आने-जानेवाले के सामने अपना महिमामंडन करने लगे। जानकी ने दो-तीन बार इशारे से बेटे को पास बुलाने की चेष्ठा की, मगर वह नहीं आया और अपने गुरुजी की सेवा में लगा रहा। जानकी ने जब थोड़े ऊँचे स्वर में जतिन को आवाज लगाई तो वह पास आकर बोला—

"क्यों अपमान कर रही हैं, आप मेरे गुरुजी का? जब आप उनका ध्यान नहीं रख सकतीं, तो कम-से-कम मुझे ही उनका ध्यान रखने दीजिए।"

"होश में आओ जतिन! आज तुम्हारे बाऊजी की तेरहवीं का भोज है। देख रही हूँ, न तुम्हें उनके जाने का दु:ख है, न ही तुम्हें मेरी फिक्र है। तभी तुम अपने गुरुजी के आस-पास ही मँडराकर उनकी आवभगत कर रहे हो।"

एकाएक ही जानकी का दबा हुआ गुस्सा फूट पड़ा।

"मैं अपने गुरुजी को नजरअंदाज नहीं कर सकता। बाऊजी की तरह आप भी होती जा रही हैं। अगर आपको ज्यादा दिक्कत है, तो मैं चला जाऊँगा। सोच लीजिएगा, बाऊजी तो ऑफिस आने की जिद करते थे, मगर मैं घर भी नहीं आऊँगा!"

पति-बिछोह से पीड़ित जानकी को बेटे की बातें तमाचों-सी महसूस हो रही थीं। अब वह समझ चुकी थी कि बेटे को समझाने से कोई फायदा नहीं होगा। बेटे की धमकियों के साथ रहने में जानकी को अपना मरण नजर आ गया था। उसने अंतिम बार बेटे से पूछा—

"क्या यही तुम्हारा भविष्य है?"

जतिन की तरफ से कोई जवाब न आने पर जानकी ने अपनी बातों के बचे-खुचे सिरों को वहीं तोड़ दिया।

समय के साथ जानकी भी काफी सँभल गईं। पति की क्षति से जुड़े हुए निमित्त को स्वीकारने के अलावा उसके पास कोई चारा भी नहीं था। अब जल्द-से-जल्द उसे कुछ जरूरी निर्णय लेने थे। वह इतनी समझदार व सक्षम थी कि किसी भी निर्णय को लेने में उसकी ममता बाधक नहीं बनती। जो लड़का अपने बाऊजी के जीते-जी घर नहीं लौटा; वह वक्त की मार पड़ने पर ही लौट सकता था।

जानकी अब चाहती भी नहीं थी कि उसके बेटे के संग-संग गुरुजी की पूरी फौज उनके घर-मंदिर या ऑफिस में प्रविष्ट हो। और उनकी कुदृष्टि पति की मेहनत की गाढ़ी कमाई पर पड़े। अब जानकी अपने सम्मोहित बेटे को वक्त के हाथों छोड़, जल्द-से-जल्द ठगों को घर से निकाल बाहर करना चाहती थी। ऐसा करने के बाद ही उसका मन शांत रह सकता था।

जब पुत्र ही अपना नहीं था तो जानकी उससे जुड़े स्नेह-प्रेम से भी बाहर आना चाहती थी, क्योंकि इन तेरह दिनों में उसके सारे पुत्र-मोह टूट चुके थे। □

पटाक्षेप

श्रीकांत ने छह महीने पहले ही चित्तौड़गढ़ के एक फाइव स्टार होटल में नौकरी ज्वॉइन की थी। पिछले बीस सालों से वह विभिन्न शहरों के होटलों में इवेंट मैनेजर की हैसियत से काम कर रहा था। आज उसे चर्चित लेखिका सुपर्णा की पार्टी के सारे प्रबंध देखने थे।

श्रीकांत की निगाहें पार्टी में किए गए इंतजामों के अलावा, होने वाली चर्चाओं पर भी रहती थीं। लोगों की बातें और प्रतिक्रियाएँ उसके काम करने के कौशल को धार देती थीं। पार्टी में होने वाली चर्चाएँ बचपन से भोगी हुई पीड़ाओं पर ठंडे फाहों-सी महसूस होती थीं। श्रीकांत खुश हो लेता था कि कम-से-कम वह उन लोगों जैसा नहीं है।

सुपर्णा का कल ही श्रीकांत के पास फोन आया था—

'श्रीकांत! इस बार भी आपके होटल में ताश पार्टी रखने का सोच रही हूँ। यहाँ से जुड़े मेरे अनुभव अच्छे रहे हैं, इसलिए आपको ही इस बार भी सभी प्रबंध देखने की जिम्मेदारी सौंप रही हूँ।'

"थैंक्स मैम! मैं पूरी कोशिश करूँगा, आपको कोई शिकायत न हो। आपकी पसंद-नापसंद का खयाल रखा जाएगा। आप इस बार की पार्टी का बस कलर थीम और मैन्यू बता दीजिए। बाकी सब व्यवस्था हो जाएगी।"

श्रीकांत को 'सभी प्रबंध देख लेना' के पीछे छिपी मंशा, बहुत अच्छे से समझ आने लगी थी।

सुपर्णा की हाई प्रोफाइल सोसाइटी से जुड़ी रोचक व चर्चित कहानियाँ उसने पढ़ी थीं। सुपर्णा की पार्टी के इंतजामों को देखना, उसके लिए गर्व का

विषय था। हर हफ्ते किसी-न-किसी फाइव स्टार होटल में इस महिला ग्रुप की ताश और ड्रिंक पार्टी होती थी। बहुत बड़ा शहर न होने के कारण गिनती के फाइव स्टार होटल थे। किसी भी सामान्य होटल में पार्टी देना, शहर में ढिंढोरा पीटने जैसा था। यह महिला ग्रुप आस-पास के शहरों में भी मौज-मस्ती करने के लिए निकल जाता है, यह बात श्रीकांत को महिलाओं के बीच हुई चर्चा से ही पता चली थी।

श्रीकांत को पत्नी और बच्चों का सुख कभी नहीं मिलना था, मगर उसने मित्रों को बच्चों और परिवार की चिंता करते देखा था। यही वजह थी कि श्रीकांत के मन-मस्तिष्क में तरह-तरह के विचार चलते रहते थे। महिलाओं की बातों से वह अपने मन की उधेड़-बुन को शांत करने की कोशिश करता था—

इन महिलाओं के परिवारों में कौन-कौन है ? इनके बच्चे कितने बड़े हैं और इनकी अनुपस्थिति में उन पर कौन निगाह रखता होगा ? इन महिलाओं के लिए ताश और दारू में रुपया बहाना, न सिर्फ अपने तनावों को कम करने का जरिया था, बल्कि टाइम पास भी था। धनाढ्य महिलाएँ इसे मित्रों के साथ गुणात्मक समय गुजारना कहती थीं।

श्रीकांत ने सुपर्णा के लिए एक साहित्यिक आयोजन का भी प्रबंध किया था, जिसमें उसकी ताश पार्टी की कोई महिला नहीं थी, न ही ताश पार्टी जैसी शान-ओ-शौकत का दिखावा किया गया था। श्रीकांत के लिए सुपर्णा और उसकी महिला मंडली एक अनुसंधान का विषय थी, जिसे दो वर्गों के बीच संपन्नता की खाई ने स्वतः ही जन्म दे दिया था।

पिछली बार शहर की चौदह-पंद्रह संपन्न महिलाएँ पार्टी में थीं। पार्टी खत्म होने से पहले अगली पार्टी कब और कहाँ रखनी है, यह निर्णय पार्टी में ही हो जाता था। महिलाएँ पेमेंट का बँटवारा कैसे करती हैं ? कभी खुलकर सामने चर्चा नहीं हुई। पार्टी देना जब शान-ओ-शौकत का हिस्सा हो, वहाँ इस तरह की बातें करना छोटी बात समझा जाता है, यह बात श्रीकांत बहुत अच्छे से समझ चुका था।

सुपर्णा से जरूरी चर्चा करने के बाद श्रीकांत पार्टी के इंतजामों की रूपरेखा बनाने में लग गया। सुपर्णा के निर्देशानुसार पार्टी में हल्के गुलाबी और

सफेद रंगों से सजावट की गई थी। होटल के इस छोटे से हॉल में जगर-मगर करती हुई सफेद-गुलाबी रोशनी और ताजे फूलों से की गई सजावट ने चार चाँद लगा दिए थे। हॉल में बड़ी-सी टेबल के चारों ओर कुर्सियों की गोलाकार तरीके से व्यवस्था की गई, ताकि सभी महिलाएँ एक-दूसरे से सुगमता से आमने-सामने, दाएँ-बाएँ बात करते हुए ताश खेल सकें।

सुपर्णा की ताश पार्टी उसकी साहित्यिक पार्टी से बिल्कुल अलग थी। कोई भी लेखिका इसमें बुलाई नहीं जाती थी। लेखिकाओं को न बुलाने के पीछे छिपे मकसद को श्रीकांत बहुत अच्छे से महसूस कर चुका था। सुपर्णा नहीं चाहती थी कोई और लेखिका कहानियों के लिए पार्टी से सामग्री बटोरे या उसके जीवन के इस खाँचे में भी झाँके। उसने बहुत अच्छे से दोनों तरह की जिंदगियों में संतुलन बैठाया हुआ था।

सुपर्णा ने हॉल में पहुँचकर सभी व्यवस्थाओं पर सरसरी निगाह दौड़ाकर बहुत शालीनता से कहा—

"श्रीकांत! आपने अच्छी व्यवस्था की है। खाने-पीने का भी पूरा खयाल रखिएगा। सब बेस्ट होना चाहिए। आस-पास ही रहिएगा, ताकि जरूरत पर बुलाया जा सके।"

"आप निश्चिंत रहें मैडम! मैं और मेरा स्टाफ यही रहेंगे। आपको कोई परेशानी नहीं होगी।"

श्रीकांत ने बहुत सौम्यता से सुपर्णा को जवाब दिया। औपचारिकताएँ निभाना सुपर्णा को बहुत अच्छे से आता था। खुद की दी हुई पार्टी में सुपर्णा का टाइम से पहले पहुँचना, अधिकांश रईसों की आदतों से थोड़ा अलग, मगर मकसद भरा था।

हॉल में आते ही सुपर्णा आराम से एक कुर्सी पर बैठ गई थी। बीच-बीच में वह अपनी आँखें बंद करके किसी सोच-विचार में डूब जाती, मानो मंद-मंद बजता हुआ संगीत उसकी कल्पनाओं में रंग भरने लगा हो! फिलहाल श्रीकांत के पास भी अन्य कोई दूसरा काम नहीं था। वह सुपर्णा के होंठों पर थिरकी हुई मुसकराहट में कहानियों के पात्रों का मिलान करने लगा।

धीरे-धीरे मित्रों के आने से पार्टी की रौनक बढ़ने लगी। इस बार भी पार्टी का थीम 'काड्र्स एंड डांस' था। सुपर्णा के बाद पहुँचनेवाली महिला सुनयना थी, जिसने हॉल में घुसते ही सुपर्णा से चहकते हुए कहा—

"हाय सुपर्णा! बहुत सुंदर लग रही हो। तुम्हारा ड्रेसिंग सेंस कमाल का है। इतनी खूबसूरत साड़ियाँ कहाँ से खरीदती हो? योर चॉइस इस रिएली ग्रेट!"

"थैंक्स सुनयना! खुद को भी शीशे के सामने खड़े होकर अच्छे से देखा करो। बहुत प्रिटी लगती हो तुम। और तुम्हारी स्माइल गजब ढाती है।"

"कहाँ यार! जिस स्माइल की तुम बात कर रही हो, उसका असर जिस पर होना चाहिए, उस पर तो कभी नहीं हुआ। उसने तो हमेशा इग्नोर किया है मुझे। पिछली पार्टी में बहुत कुछ साझा किया ही था। वही ढाक के तीन पात! साथ गुजरे हुए तीस वर्षों में कुछ भी नहीं बदला। बस हमारे अभिनयों में निखार आ गया है।"

सुनयना ने अपनी झूठी हँसी से आँखों की नमी को छुपाने की कोशिश करते हुए कहा।

"फॉर्गेट यार! तुम्हारे पति तुम्हें डिजर्व ही नहीं करते। मेरा मकसद तुम्हें परेशान करने का हरगिज नहीं था। हम खुश होने के लिए इकट्ठे हुए हैं सुनयना, मगर दर्द बाँटने से कम हो जाते हैं।"

सुपर्णा की दी हुई तसल्ली में उकसाने का तंतु छिपा हुआ था। तंतु के हिलते ही संवाद स्वतः ही आगे बढ़ा। श्रीकांत ने जैसे ही सुपर्णा के चेहरे पर आए भावों को भाँपा, उसके होंठों पर भी फीकी-सी मुसकान दौड़ गई।

"सुपर्णा! जानती हो˙˙˙जिस एक्स्ट्रा मैरिटल अफेयर को मेरे पति ने मानने से इनकार कर मात्र मेरा भ्रम कहा था, अब उन्होंने दबंगता के साथ उसे स्वीकार कर लिया है। नए रिश्ते के विकल्प ने उन्हें मनमानी करने की स्वच्छंदता दे दी है। तुमने कहावत सुनी होगी 'उल्टा चोर कोतवाल को डाँटे' आजकल कुछ ऐसा ही मेरे साथ हो रहा है।"

"तुम्हारे बच्चों के क्या रिएक्शंस हैं?"

सुपर्णा के इस सवाल ने सुनयना की आँखों में नमी तैरा दी। उसने जल्द

ही अपने हाव-भाव पर कंट्रोल कर अपने रुमाल से मेकअप को थपकी देकर ठीक किया और मुसकराकर बोली—

"बच्चों को अपनी-अपनी स्वच्छंदताएँ पूरी करने के लिए बाप का साथ चाहिए। रुपया वहीं से आता है। हमारी किसी भी बहस में बच्चे नहीं पड़ते। उनकी तरफ प्रतिक्रिया की अपेक्षा से देखना, खुद के गलत होने का अहसास कराता है। यह सब बातें पहले दुखती थी, मगर अब नहीं।"

"फिर कौन है तुम्हारे साथ?"

"कोई नहीं है मेरे साथ।"

"तुम परेशान हो?"

"शुरू-शुरू में थी···पर अब नहीं हूँ।"

"क्या तुमने पति की मनमानियों को स्वीकार कर लिया?"

"नहीं···बिल्कुल भी नहीं। बस, अपनी मनमानियों को बढ़ा लिया है, ताकि खुश रह सकूँ। मैंने भी···"

अपनी बात अधूरी छोड़ सुनयना ने ठहाका लगाकर हँसने की कोशिश की, मगर आँखों में छिपा हुआ दर्द पुनः तैर गया। तभी अचानक किसी का फोन आ गया और सुनयना ने खुद को संयत कर रिसीव किया। सुनयना धीमी आवाज में बोल रही थी, मगर सुनयना की आँखों में लगातार झाँकती सुपर्णा की आँखें उसकी बुदबुदाहट को पकड़ने की कोशिश में थी। श्रीकांत अपनी चोर निगाहों से इस बात को महसूस कर रहा था।

'हाँ जान! जानती हूँ, बहुत फिक्र करते हो तुम मेरी। सॉरी···पार्टी में आते ही बातों में लग गई थी और मैसेज करना भूल गई। हाँ···हाँ···मैं अच्छे से पहुँच गई थी। तुम अपना खयाल रखना। हम रात को मिल रहे हैं। मुझे भी तुमसे मिलने का बेसब्री से इंतजार है। हाँ···हाँ···पक्का···बाई।' अंतिम बात कुछ ज्यादा ही धीमे से बोलकर सुनयना ने सुपर्णा से कहा—

"सुपर्णा! मेरी बातें छोड़ो। मैं खुश हूँ। तुम बताओ···सब कैसा चल रहा है?"

सुपर्णा के चेहरे पर फैले हुए संतुष्टि के भाव, श्रीकांत की उत्सुकता को बढ़ा रहे थे। कहते हैं—ईश्वर अगर कोई शारीरिक दोष देता है तो दूसरी

खूबियाँ बढ़ा देता है। श्रीकांत की दृश्य व श्रव्य शक्ति बहुत तेज थी। इस प्रोफेशन में आने के बाद यह शक्ति और बढ़ गई थी।

श्रीकांत को पिछले अनुभवों से पता चल चुका था कि पूरी पार्टी में सबसे ज्यादा पीनेवाली सुनयना होगी। नशे में धुत्त सुनयना को ड्राइवर के कंधे का सहारा लेकर गाड़ी में बैठना···भद्दा नहीं लगता था। ड्राइवर का नशे के हालात में उसके गिरते हुए साड़ी के पल्ले को वापस रखते हुए उसका कंधा सहला देना, सुनयना को किसी तरह का अपराधबोध महसूस नहीं करवाता था और शायद घर पहुँचने पर बेडरूम तक पहुँचाना भी···

यही वजह थी कि सुपर्णा अप्रत्यक्ष रूप से आग भड़काने में सहयोगिनी थी। स्टाफ के साथ ड्रिंक, कोल्ड ड्रिंक और स्नैक्स सर्व करवाते समय श्रीकांत उनकी बातों और चेहरे पर आए हाव-भाव पढ़कर, उनके जीने और सोचने के तरीके में सेंध लगाने की कोशिश कर रहा था। उसका काम होटल के दरवाजे पर स्वागत करने से विदा करने तक के प्रबंध का था। इस बीच होने वाले अनुभव उसे बहुत कुछ महसूस करवा देते थे।

तभी सुनयना की नजरें सुपर्णा के नेकलेस पर गई। नेकलस का दिखना जरा भी अवरुद्ध न हो···सुपर्णा ने कुछ ज्यादा ही गहरे गले का ब्लाउज पहना हुआ था। सुनयना की एकटक देखती नजरों से ज्यों ही सुपर्णा की नजरें मिलीं, उसने कहा—

"बहुत सुंदर नेकलस है तुम्हारा।···यह सेट तुमने "द्वारिका" से खरीदा होगा सुपर्णा। मैं अपने लिए जब डायमंड स्ट्रिंग लेने गई थी, देखा था मैंने···"

सुनयना की तारीफ में खुद की संपन्नता का भी गान था। दोनों के चेहरे पर आई मुसकराहट ने अनायास ही श्रीकांत के चेहरे पर उदासीन-सी मुसकराहट तैरा दी।

सुपर्णा को ऐसी महफिलों में न सिर्फ अपने महिलाओं मित्रों के जीवन में झाँकने को मिलता था, बल्कि उनके संपर्क में आनेवाले लोगों से जुड़ी कहानियाँ भी उनकी गपास्टिक का हिस्सा बनती थीं, जिन्हें नमक-मिर्च लगाकर विभिन्न कुंठाओं के वमन संग कहानियों में परोसा जाता था।

सुपर्णा को मुँह से बोले हुए शब्दों और आँखों में आए हुए भावों से,

कहानियों के कथानक और संवाद चुनना बखूबी आता था।···साथ ही अनकही को सतरंगी कल्पनाओं के साथ पात्रों के इर्द-गिर्द बुन देना सुपर्णा के लेखन की खासियत थी। तभी उसकी कहानियाँ चर्चित हो जाती थीं।

श्रीकांत वह मूक द्रष्टा और श्रोता था, जो सभी कुछ देख-सुनकर, न सिर्फ विश्लेषण कर रहा था, बल्कि सुपर्णा की हाई प्रोफाइल सोसाइटी से जुड़ी कहानियों का भी मिलान कर रहा था।

ज्यों-ज्यों पार्टी में मित्र आ रहे थे, सभी एक-दूसरे की बातचीत का हिस्सा बन रहे थे। काड्र्स की सिर्फ तीन बाजी हुईं। सभी ने काड्र्स खेलते हुए कई पैग लिये, मगर सुपर्णा का एक पैग ही पार्टी के अंत तक चलता रहा। सुपर्णा के लिए पार्टी में आई हुई हर महिला मित्र कहानी का हिस्सा थी। बस संवादों का उलटफेर उसे करना था, क्योंकि नशे के हालातों में बोले गए संवाद अकसर इनसान भूल जाता है। श्रीकांत को सुपर्णा के ज्यादा अल्कोहल न लेने के पीछे छिपी मंशा भी अब काफी कुछ समझ आ गई थी।

तभी एकाएक ही नशे में धुत्त रागिनी ने संगीत के तेज होते ही डांस फ्लोर पर अपने ग्लास को हाथ में लिये-लिये ही नाचना शुरू कर दिया। साथ ही ऊँची आवाज में साथ-साथ गाना शुरू किया तो पार्टी का माहौल ही बदल गया। सभी ने रागिनी के साथ नाचना शुरू कर दिया था। पंद्रह-बीस मिनट लगातार नाचने के बाद जैसे ही म्यूजिक कुछ सेकंड के लिए बंद हुआ, रागिनी ने ऊँची आवाज में कहा—

"डोंट स्टॉप द म्यूजिक···आई वांट टू डांस···आफ्टर ए लोंग टाइम··· आई एम डांसिंग। माँ-बाप ने अपनी मर्जी से ऐसे घर में शादी कर दी, जहाँ टेलेंट का कचरा हो गया। ऐसे बैठो···ऐसे खाओ-पियो। यू नो फ्रेंड्स···आई वाज ए गुड कथक डांसर। आई हेव परफॉर्मड ऑन डिफरेंट प्लेटफॉर्म्स एंड वॉन प्राइजिस। माय हस्बैंड एंड इनलॉज वर सो कंजरवेटिव···टोटली रुइंड माय लाइफ। उन्होंने मेरी जिंदगी को घर के नौकरों का सो कॉल्ड सुपरवाइजर बनाकर, बस रसोई और बच्चों तक सीमित कर दिया। मैं नफरत करती हूँ ऐसी संकुचित सोच से और ऐसे माहौल से···जो औरत को उन शौकों को पूरा करने से रोक देते हैं, जिनसे उनकी साँसे चलती हैं। दम घुटता है मेरा।"

श्रीकांत ने जल्द ही वापस म्यूजिक शुरू करवाया, ताकि पार्टी में रुकावट नहीं आए। अपनी बात बोलकर रागिनी वापस डांस करने में व्यस्त हो गई। जैसे ही श्रीकांत अपने सहयोगी से ड्रिंक सर्व करवाने के लिए आगे बढ़ा···रागिनी लड़खड़ा कर उसके ऊपर गिरते-गिरते बची। श्रीकांत ने सहारा देकर उसे पास ही की कुर्सी पर बैठाया और सुपर्णा की ओर देखा। उसने मुसकराकर श्रीकांत को आँखों से ही 'थैंक्स' कहा। श्रीकांत को खुद पर अफसोस होता कि काश! उसे भी कहानियाँ लिखना आता, तो न जाने कितनी कहानियाँ गढ़ देता! उसका प्रोफेशन आए दिन न जाने कितनी कहानियों के प्लॉट परोसता था।

उसी पल सुपर्णा ने रागिनी के पास आकर हौले से कहा—

"रागिनी! प्लीज, अब और ड्रिंक मत लेना। घर कैसे जाओगी? ड्राइव कैसे करोगी?"

"डोंट वरी डिअर! तुम्हारी पार्टी से सीधे पल्लवी के यहाँ जाऊँगी। वह अकेली रहती है। ड्राइव भी कर लूँगी, आदत है मुझे।"

श्रीकांत को सुपर्णा के हाव-भाव में कुछ घबराहट-सी महसूस हुई। तभी सुपर्णा का ध्यान रागिनी से हटकर सुगंधा पर चला गया। सभी महिलाएँ अपने आप में मगन, अपनी-अपनी भड़ास निकालने में व्यस्त थीं। तभी नशे में धुत्त सुगंधा ने टेबल पर हाथ थपथपाते हुए बोलना शुरु किया—

"फ्रेंड्स अटेंशन प्लीज···मैं नेक्स्ट वीक एक पार्टी थ्रो कर रही हूँ। सब दोस्त आमंत्रित हैं।"

"पार्टी में आने का इनविटेशन दे रही हो···तो खुशखबरी भी सुना दो सुगंधा।" पार्टी में मौजूद एक और महिला ने सुगंधा के स्टेप फॉलो करते हुए उसके स्लीवलेस ब्लाउज से झाँकती थुलथुल बाँहों पर हाथ फेरते हुए कहा।

सुगंधा का पहनावा आधुनिकता की श्रेणी में आता था। ब्लाउज का कट और डिजाइन ऐसा था कि क्या ढका जा रहा है, क्या नहीं, भ्रम हो जाए। महिला ने जिस अंदाज से सुगंधा की बाँहों पर हाथ फेरकर उसके होंठों पर चुंबन लेने की कोशिश की, श्रीकांत को उसके हाव-भाव देखकर लगा···यह महिला कहीं···। जल्द ही श्रीकांत ने स्वयं को वापस सुगंधा की बातों पर केंद्रित किया।

"वेट···वेट बताती हूँ···मैंने अपनी डल लाइफ को कुछ रूमानियत से

भरने का फैसला किया है। मैं शादी करने जा रही हूँ।"

"किससे ? कौन प्रेमी है तुम्हारा ? जो तुम्हें सिक्सटीज की उम्र में भी शादी का न्योता दे रहा है ? डियर! कुछ उसके बारे में बताओ। हाउ लकी यू आर···।" बोलकर तीसरी मित्र ने मुसकराकर पूछा।

"डिवोर्सी है यार···अच्छा दोस्त है मेरा। बस तुम सबको आना है। आई वांट टू सेलिब्रेट हैप्पीनेस विद माय फ्रेंड्स।"

सुगंधा पहले भी दो शादियाँ करके, उनसे डिवोर्स ले चुकी है, यह बात श्रीकांत को वहीं उपस्थित दो महिलाओं की बातचीत से पता चली। शादी करके छोड़ना···नई शादी प्लान करना···सुगंधा के लिए हर बार की तरह इस बार भी नया रोमांच था।

बड़ी कंपनी में काम करनेवाली सुगंधा के लिए रुपयों के अलावा विकल्पों की कोई कमी नहीं थी। अपने जूनियर्स को इस्तेमाल करना उसे बहुत अच्छे से आता था। श्रीकांत को सुगंधा के खिलंदड़पन का अहसास महिलाओं की खुसर-फुसर से हुआ।

पार्टी ओवर होते ही सभी महिलाएँ अपनी-अपनी मंजिलों के लिए रवाना हो गईं। 'हाय' के संबोधन से शुरू हुई पार्टी 'बाय' के साथ खत्म हो गई। एक लंबी गहरी साँस लेकर सुपर्णा वापस हॉल की कुर्सी पर जाकर बैठ गई। उसने सामने पड़ी हुई बोतल में जो आखिरी के तीन-चार पैग बचे थे, एक ग्लास में खाली किए और एक ही बार में गटक गई। सुपर्णा ने थोड़ी देर बैठने के बाद श्रीकांत से कहा—

"आज काफी थक गई हूँ श्रीकांत। पेमेंट कल घर आकर ले लेना। रिसेप्शन पर घर का पता है। फिर सुपर्णा बगैर पेमेंट किए ही घर रवाना हो गई। चूँकि पेमेंट की कभी कोई दिक्कत नहीं हुई···श्रीकांत ने भी कुछ नहीं कहा।

घर की बेल बजाते ही दरवाजा मिस्टर चिरंजीव ने खोला तो श्रीकांत की आँखों में अचरज फैल गया। मिस्टर चिरंजीव घर के वेटिंग स्पेस में उसे बैठाकर सुपर्णा को बुलाने चले गए। श्रीकांत की आँखों के सामने पंद्रह दिन पहले हुई वो पार्टी घूम गई, जिनमें मिस्टर चिरंजीव उपस्थित थे।

चिरंजीव और सुपर्णा पति-पत्नी हैं, श्रीकांत को आज ही पता चला।

श्रीकांत का कभी दोनों से एक साथ प्रत्यक्ष में मिलना नहीं हुआ था। अगर वह उन दोनों से एक साथ मिल लेता, तो उसे सारी रामायण समझ आ जाती।

यह वही मिस्टर चिरंजीव थे, जो उस पार्टी में दोस्तों के बीच अपने बैंकॉक के किस्सों को चटकारे ले लेकर मजे से सुना रहे थे। उन्होंने ही पार्टी में अपने मित्रों को बोला था—

"मैं अपनी बीवी को पूरी स्वच्छंदता और रुपया देता हूँ, ताकि खुद स्वच्छंदता हासिल कर सकूँ। खुद पीता हूँ तो उसे भी पीने से नहीं रोकता हूँ। हरेक को स्पेस चाहिए, ताकि ताजी हवा में साँसे ले सके।"

श्रीकांत को आज चिरंजीव की बताई हुई ताजी हवा, बहुत बदबूदार महसूस हुई और उसकी आँखों के सामने कुछ प्रश्न दृश्य होकर लटक गए—

'क्या सुपर्णाजी ने इस पर भी कोई कहानी लिखी है ? क्या उन्हें बेड पर साथ लेटे हुए पति की कहानियों का अंदाजा है ? दूसरों की आँखों और बातों में कहानियाँ ढूँढ़ना सुपर्णा का पैशन था, मगर खुद की जिंदगी में भी कहानियाँ गढ़ी जा रही थी उन्हें कौन पढ़ रहा था ?'

कल पार्टी में मौज़ूद आहत होनेवाली हर औरत ने आहत करनेवाली परिस्थितियों का परित्याग नहीं किया था। बल्कि खुद की मनमानियों के विकल्प खोज लिये थे। हरेक महिला की नजरों में उनके कदम साहसी थे, पर क्या हकीकत में यही साहस होता है ?

रुपया स्वच्छंदता के साथ-साथ विवेक को भी मनमाना व्यवहार करना सिखा देता है। तभी तो विषमताओं का बाहुल्य समाज को बदल रहा है। औरत हो या आदमी, सभी को मुँहखर्ची करना अच्छे से आता है। न जाने कितनी पार्टियों में श्रीकांत बहुत कुछ ऐसा होता हुआ देख-सुन चुका था, जिन्हें सुपर्णा जैसे लेखक भूनने के चक्कर में, कहीं-न-कहीं खुद छूट जाते हैं।

ईवेंट मैनेजमेंट का काम करते हुए श्रीकांत को एक अरसा गुजर चुका था, मगर उसके पास अपने किसी भी प्रश्न का जवाब पलटकर कभी नहीं आया। स्त्रियों और पुरुषों की इस खोखली दुनिया पर श्रीकांत को बहुत जोर से हँसने का मन हुआ, मगर वह मन ही मन बुदबुदा गया—

'गर्व है मुझे···मैं स्त्री या पुरुष दोनों में से कोई नहीं हूँ। मैं ईश्वर के

दिए इस रूप में खुश हूँ। कम-से-कम मुझे रिश्ते निभाने के लिए मुखौटे नहीं चढ़ाने पड़ते। लोगों के झूठ और सच को भुनाना कोई इनसे सीखे। दरअसल, पार्टी का खत्म होना इनके लिए नई कहानी की शुरुआत थी, या फिर किसी कहानी का पार्टी के साथ खत्म होना था!'

सुपर्णा के कमरे में आते ही श्रीकांत के विचारों की श्रृंखला टूटी और वह चुपचाप पेमेंट लेकर जब उनके घर से निकला, तो अपने कंधे उचकाकर उसने हौले से खुद से ही कहा—

'दिस इज नन ऑफ माय बिजनेस''एव्रीबॉडी हेज देअर ओन लाइफ। महफिलें जमने के लिए ही होती हैं। आगे भी जमती रहेंगी। उसके जीवनयापन के लिए महफिलें होते रहना भी बहुत जरूरी है।'

श्रीकांत ने अपनी मोटरसाइकिल के स्टार्ट बटन को दबाकर फिलहाल पार्टी से जुड़े इस अध्याय पर अपने विचारों का पटाक्षेप कर दिया।

□

फिर अपने लिए

पिछले डेढ़ घंटे से इंद्रनील अपनी बेटी के पार्लर से लौटने की प्रतीक्षा कर रहा था। रोज साढ़े छह बजे तक घर पहुँचनेवाली इशिका अभी तक नहीं आई थी। इंद्रनील के भीतर अब चिंताएँ घुमड़ने लगी थीं। दस-पंद्रह मिनट और गुजरे होंगे कि एकाएक डोर बेल की आवाज सुनाई दी। इंद्रनील ने तेजी से उठकर दरवाजा खोला। बेटी को सामने पाकर उसके मुँह से स्वत: ही निकल गया—"आ गई बेटा! आज देर हो गई!"

इशिका बगैर कोई प्रतिक्रिया दिए सीधे अपने कमरे में चली गई। इंद्रनील के लिए यह सामान्य बात नहीं थी। वह भी उसके कमरे में पहुँच गया।

"इशिका! तुम्हारी तबीयत ठीक है बेटा? बहुत थक गई हो या कोई और बात है?" इशिका का उतरा हुआ चेहरा देखकर इंद्रनील ने पूछा।

इशिका बहुत शांत लड़की थी। जब उसकी खामोशी आँखों से उतरकर चेहरे पर बिखर जाती, इंद्रनील की घबराहट का सबब बन जाती। इशिका के हाव-भाव और मौन को पढ़ना इंद्रनील की आदत थी। बगैर कोई प्रतिक्रिया दिए इशिका ने अपना पर्स बिस्तर पर एक ओर रख दिया और वह पापा की गोद में सिर रखकर सुबकने लगी। इंद्रनील ने बालों को सहलाते हुए कहा—

"कुछ बताओगी तो हल्की हो जाओगी। तुम्हें अच्छे से पता है, मुझे तुम्हारी चुप्पी परेशान करती है। किसी ने कुछ कहा है?"

बाप-बेटी के बीच छाई हुई खामोशी को, इशिका ने बगैर कुछ बोले अपने पर्स से एक पत्र निकालकर, उसके खुलने की आवाज से तोड़ा और पत्र

इंद्रनील के हाथों में थमा दिया। जब इशिका को बहुत कुछ कहना या बताना होता, वह इंद्रनील को लिखकर दिया करती थी। उसकी यह आदत बचपन से थी। इंद्रनील की आँखें पत्र के अंत तक पहुँचते-पहुँचते बरसने को तैयार थी···

'पापा! आज माँ अपनी बेटी के साथ पार्लर आई थी। इत्तिफाक से दोनों की हेयर स्टाइलिंग मुझे ही करनी थी। माँ को देखते ही मैं पहचान गई थी। मैंने आप दोनों के फोटो एलबम में देखे थे। वह आज भी फोटो जैसी ही दिखती हैं। उनके बीच होने वाली बातचीत से मुझे, आनेवाली लड़की के बेटी होने का पता चला। एक बेटी उनकी आँखों के सामने थी और दूसरी उनकी पीठ के पीछे।

यह कैसा इत्तिफाक था? अतीत और वर्तमान एक ही जगह पर अपनी जननी के पास खड़े थे। इनसान अपने सामने खड़े वर्तमान को ही देखना चाहता है, क्योंकि भविष्य उसी से जुड़ा होता है। वैसे भी उनके लिए मेरा वजूद शून्य ही था। तभी तो उन्होंने मुझे···। माँ का स्पर्श क्या होता है? मेरी स्मृति में नहीं है। आज पहली बार एक परित्यक्त बेटी ने अपनी माँ को छुआ पापा।

पापा! मैंने निर्जीव हुए उस माँ संबोधन को भी महसूस करने की कोशिश की, जिसे उनकी बेटी बार-बार बोल रही थी; मगर मैं विफल रही। मैं उन्हें 'माँ' कहकर संबोधित करूँ भी या नहीं; नहीं जानती। जब तक वह पार्लर में रहीं, मैं सामान्य नहीं रह सकी। मेरे हाथ-पाँव के रोंगटे खड़े होकर शरीर में एक अजीब-सा कँपन देते रहे।

पापा! उनकी बेटी की शक्ल फिलहाल मेरी स्मृति में नहीं हैं, क्योंकि मैंने उसे गौर से नहीं देखना चाहा। उनकी बेटी तो मेरे लिए अनचाहा ग्राहक ही थी न। माँ! बहुत सुंदर लग रही थीं। हेयर स्टाइलिंग पूरी होने के बाद उन्होंने मुसकराते हुए मुझसे पूछा—

"कैसी लग रही हूँ?"

जैसे ही मैंने उन्हें संकेतों से 'बहुत सुंदर लग रही हैं', कहा, उनकी आँखों से झलकी खुशी सिकुड़कर बुझ गई। वह असहज हो गई थीं। मेरी ओर देखने के तुरंत बाद, उन्होंने अपनी बेटी की ओर देखा। शायद उन्हें मेरी याद आ गई थी! इस पल के बाद उन्होंने न अपनी बेटी से बातें की, न ही मेरे से कुछ

पूछा। पार्लर से जुड़ा काम खत्म होते ही वह तेजी से निकल गईं। मुझे नहीं लगता, अब उनका कभी मेरे पार्लर में आना होगा।

बहुत तेज दौड़नेवाले लोग असहजता को पैरों की बेड़ियाँ मानते हैं न पापा! ऐसा मैंने कहीं पढ़ा था। बाद में रिसेप्शन रजिस्टर से मैंने उनका नाम टेली किया; इरा ही लिखा था। मगर उन्होंने अपना फोन नंबर या एड्रेस, कुछ भी नहीं लिखवाया था और उनकी बेटी का नाम···क्या फर्क पड़ता है पापा?··· बेटी का नाम कुछ भी हो। जिसकी शक्ल स्मृति में न हो, उनके नाम और भी जल्दी विस्मृत हो जाते हैं।

माँ का खिलखिलाकर अपनी बेटी से बातें करना मुझे चोटिल कर रहा था। मेरे मन में इस रिश्ते के प्रति कोई भाव दबा हुआ था; तभी मैं रजिस्टर में क्रॉस-चेक करने गई थी। उनका नाम पढ़ते ही मुझे रोना आ गया था। सॉरी पापा! आपकी दी हुई, ताकत और हिम्मत उस पल में टूट गई थी। मैं न जाने कितनी देर तक पार्लर में बैठकर खुद को समेटती रही। फिर आपके लिए पत्र लिखा; ताकि मन शांत हो।'

इशिका ने पत्र में आगे कुछ नहीं लिखा था। पत्र पढ़ते-पढ़ते इंद्रनील बहुत भावुक हो उठा। बेटी की मनः स्थिति उसे भीतर तक हिला गई थी। उसे बेटी के देर से आने की वजह भी अब पता चल गई थी। इशिका अभी भी उसकी गोद में गुमसुम लेटी सुबक रही थी। इंद्रनील ने पत्र समेटकर अपने शर्ट की पॉकेट में डाल लिया। फिर बेटी के आँसू पोंछते हुए उसने पूछा—

"अब किस बात से परेशान हो? माँ के लिए या खुद के लिए? क्या तुम मन से चाहती थी, वह तुम्हारे बारे में पूछे?"

"मैं फिलहाल खुद के मन को समझ नहीं पा रही हूँ पापा! न जाने कितनी बातें एक साथ उमड़-घुमड़कर परेशान कर रही हैं। रिश्तों से जुड़े नाम अर्थहीन होकर भी रुला सकते हैं; आज पहली बार महसूस हुआ।" मूक-बधिर इशिका ने सुबकते हुए अस्पष्ट शब्दों और साइन लैंग्वेज (संकेत-भाषा) में इंद्रनील से कहा।

"मैं तुम्हारे मन को समझ रहा हूँ बेटा! कई बार रिश्तों को समझना

आसान नहीं होता। मगर इरा के कुछ भी पूछने से तुम्हारा मन और अधिक चोटिल हो जाता। उसका वर्तमान; उसकी बेटी भी साथ थी।"

इंद्रनील को बेटी की पीड़ा असंयत करने लगी थी। उसने इशिका से कहा—

"जो रिश्ता तुम्हारा नहीं रहा, उसे उतना ही सोचो, जितना जरूरी है। जीवन में हम सभी को मन-मुताबिक नहीं मिलता। आगे बढ़ने के लिए बहुत कुछ भूलना पड़ता है। एक बात हमेशा याद रखना बेटा, मैं तुम्हारी हर वो इच्छा पूरी करना चाहता हूँ, जो तुम्हें खुशियाँ दे और समर्थ बनाए।"

"पापा! आपने मुझे बहुत खुशियाँ दी हैं। जिस धैर्य से आप मेरी बातें सुनते और समझते हैं, अन्य दूसरा क्यों करेगा? घर से बाहर काम करने निकलती हूँ, तो बाकी रिश्तों से भी मेरा सामना होता है। जब लोग मेरे संकेतों की भाषा को समझ नहीं पाते या मेरे कहे हुए को तवज्जों नहीं देते, उलझन होती है; मगर मैं आहत नहीं होती। ऐसे में मुझे अपना बचपन याद आता है, जब आप मेरी किसी बात को समझ नहीं पाते थे; आपकी आँखों से नमी बनकर झलकी बेबसी मुझे भी रुला देती थी। जब आप मुझे कसकर खुद से चिपका लेते थे; सारी बातें खुद-ब-खुद समझ आ जाती थीं पापा!

वैसे भी मेरे से बात करना या मेरी बातों को समझना हरेक के लिए आसान नहीं है। मेरा तो सारा दिन खामोशी से काम करते हुए, मौन में ही गुजरता है। जिन रिश्तों का हम हिस्सा होते हैं; बस वही दुःखी करते हैं। अब तो हर तरह की प्रतिक्रियाओं की आदत हो गई है पापा!"

अपनी अंतिम बात बोलते हुए इशिका की आवाज भर्रा गई थी। थोड़ी देर की चुप्पी के बाद इशिका ने इंद्रनील की ओर देखा और कहा—

"पापा! आज मैंने आपको भी दुःखी कर दिया। माँ न सिर्फ अपनी मूक-बधिर बेटी को छोड़कर गई, बल्कि उन्होंने तो आपके प्यार का भी मान नहीं रखा। आपने कभी भी माँ के लिए गलत शब्द नहीं कहे। न खुद के जीवन को रंगों से भरने का सोचा। घर लौटते समय मुझे आपके बारे में सोचकर बहुत पीड़ा हो रही थी। आपने तो मेरी जिम्मेदारियाँ उठाते-उठाते, अपनी खुशियों को ही तलाशना बंद कर दिया। आज पार्लर में जो हुआ, उन्हीं ख्यालों की

उधेड़-बुन में, आपसे मिले बगैर ही कमरे में चली आई।···सॉरी पापा!"

"बेटा! हमारे हिस्से की खुशियाँ हमें जरूर मिलती हैं। मेरे जीवन की खुशियाँ तुमसे हैं। तुम्हारी हर नई गतिविधि मेरा ईश्वर में भरोसा बढ़ाती रही है।"

अपनी बात पूर्ण कर इंद्रनील बहुत देर तक बेटी के बालों को सहलाता रहा। इशिका बचपन से ही बहुत संवेदनशील और समझदार थी। गुजरे समय में न जाने कितनी बार बाप-बेटी हर खुशी और गम में साथ-साथ मुसकराए और रोए थे। इंद्रनील की सवेरे से लेकर शाम तक की दिनचर्या इशिका के इर्द-गिर्द ही घूमती थी। उसका प्यार से इंद्रनील को गले लगाना, दिन भर की थकान दूर कर देता था।

सवेरे काम पर निकल जाने के कारण दोनों डिनर साथ लेते थे। रात के दस बज चुके थे। इंद्रनील ने बेटी की मनुहार करते हुए कहा—

"इशिका! अब उठो बेटा···डिनर लेते हैं। तुम्हें भी भूख लग रही होगी और हाँ, एक बात हमेशा ध्यान रखना, कमजोर पल गुजरने के बाद हमें मजबूत बनाते हैं।" इशिका ने सिर हिलाकर अपने पापा की हाँ में हाँ मिलाई।

डिनर के बाद इशिका अपने कमरे में सोने चली गई, मगर इंद्रनील के बिस्तर पर लेटते ही अतीत ने उलट-पलट करनी शुरू कर दी—

सेंट्रल बैंक ऑफ इंडिया की जयपुर ब्रांच में इंद्रनील को पहली जॉब मिली थी। उसे अपने साथ काम करनेवाली इरा पसंद थी। इरा को भी इंद्रनील पसंद था। सत्तर-अस्सी के दशक में प्रेम विवाह होना आम बात नहीं थी, मगर दोनों के ही पढे-लिखे परिवार होने के कारण उन्हें विवाह की स्वीकृति मिल गई।

इरा को माँ-पापा की वजह से हमेशा ही कोई-न-कोई शिकायत रहती थी। उनकी जिम्मेदारियाँ उठाना उसे बोझ लगता था। घर में सगे-संबंधियों का आना-जाना उसके क्रोध को बढ़ाता था। इंद्रनील के समझाने पर भी कुछ नहीं सँभला।

नौकरी के अहम और सौंदर्य ने उसे गलत होने पर भी, कभी झुकने नहीं दिया। इरा ने अपने मन की कटुता को घर से ऑफिस तक पहुँचा दिया था। इंद्रनील ने बातों को ढकने की हरसंभव कोशिश की। कुछ समय बाद इरा पर

ही प्रश्न उठने लगे। इरा को किसी भी कीमत पर अपनी गलती गवारा नहीं थी।

विवाह के साल भर बाद बहुत प्यारी-सी बेटी इशिका ने जन्म लिया। इरा के बच्ची के साथ व्यस्त हो जाने से बहस का बवंडर कुछ समय के लिए शांत हो गया। मातृत्व अवकाश के बाद इरा ने जब ऑफिस जाना शुरू किया, इशिका की काफी जिम्मेदारी माँ पर आ पड़ी। इशिका की देखभाल को लेकर इरा माँ से झिक-झिक करती—

'माँ! आपने उसे इतना ही दूध क्यों पिलाया? आपको रोती हुई गुड़िया को चुप कराना नहीं आता। आप नवजात की छोटी-छोटी बात ही नहीं समझ पाती? न जाने कैसे आपने इंद्रनील को पाला होगा?'

इरा के मुँहफट व्यवहार से माँ रुआँसी हो जाती। बढ़ती उम्र में बच्चा सँभालना इतना आसान नहीं था। कमियाँ निकालना इरा की आदत थी। इंद्रनील को इरा के इस व्यवहार का विवाह के बाद ही पता चला।

घर का माहौल खराब होते देख पापा इंद्रनील से कहते—

'मैं और तुम्हारी माँ पुश्तैनी मकान में चले जाते हैं, ताकि तुम्हारे रिश्ते में प्रेम पनपे। अब इस उम्र में यह सब देखकर अच्छा नहीं लगता बेटा।'

इंद्रनील उन्हें खुद से दूर भेजने का सोच भी नहीं सकता था। वह पापा की बात सुनकर दुःखी हो जाता। उनकी बढ़ती उम्र के साथ बीमारियाँ भी बढ़ रही थीं। उसने इरा को समझाने की बहुत कोशिश की, मगर चंद मिनटों में ही उनकी बातचीत बहस का रूप धारण कर लेती। इंद्रनील को समझ आ गया था कि जब निभाने का मन न हो तो समाधान खोजना इतना आसान नहीं होता। घर की शांति बनाए रखने के लिए इरा के अलावा सभी ने चुप्पी साध ली थी।

गुजरते वक्त के साथ इंद्रनील को महसूस हुआ कि नौ-दस महीने की इशिका अपने मन से ही मुसकराती और रोती है। किसी के बात करने पर अपनी प्रतिक्रिया नहीं देती। डॉक्टर को दिखाने पर पता चला, उनकी बेटी मूक-बधिर है।

एक बाप का मन इस बात को स्वीकारने के लिए एकदम तैयार नहीं था। तभी तो डॉक्टर के बताने के बाद भी, इंद्रनील दिन में कई-कई बार इशिका के कानों के पास तालियाँ बजाकर देखता और उम्मीद टूटने पर उदास हो

जाता। उसने कई विशेषज्ञों को दिखाकर सलाह ली। इंद्रनील अभी इरा से जुड़ी परेशानियों को सुलझा नहीं पाया था कि वक्त ने एक और प्रहार कर दिया।

घर में जैसे ही इस बात का पता चला; कुछ समय के लिए पूरा घर मूक-बधिर हो गया। घर में फैली चुप्पी में शून्य बिखर गया था। इतनी नमी बिखरी होने पर भी इरा की आँखों का सूखापन सबको दिखाई दे गया। उस दिन के बाद इरा का व्यवहार इशिका के प्रति रूखा हो गया। उसे रिश्ते को खत्म करने की वजह मिल गई थी। उसने पहले अपनी पोस्टिंग दूसरे शहर में करवा ली। फिर नए विकल्प की उपलब्धता होते ही, उसने इंद्रनील को डिवोर्स के कागजात भिजवा दिए।

एक माँ की ममता इतनी निष्ठुर हो सकती है, इंद्रनील की समझ के बाहर था। वह अपनी गुजरी हुई जिंदगी से इतना थक चुका था कि उसने इरा से कोई भी बात किए बगैर ही पेपर साइन कर दिए। कुल मिलाकर उनका रिश्ता ढाई साल चला। इशिका का नामकरण होने से पहले ही इरा जा चुकी थी।

रिश्तेदारों के बोलने और सलाह देने की कोई सीमा नहीं थी। उनको लगता था, ऐसे बच्चों पर कितनी भी मेहनत करो···शून्य ही हाथ लगता है। इंद्रनील ने लोगों की बातों पर ध्यान देना बंद कर दिया था। लोगों की हमदर्दी बटोरना उसकी फितरत का हिस्सा नहीं था। साथ ही उसने इरा के बारे में भी कभी जानने की कोशिश नहीं की। तभी तो इशिका के बताने पर वह इरा के लिए प्रतिक्रियाहीन था। गुजरते वक्त के साथ नौकरी और बेटी से जुड़ी व्यस्तताओं ने उसे बेफिजूल बातों को सोचने का समय भी नहीं दिया।

माँ वह पहली इनसान थी, जिन्होंने इशिका को सीने से लगाकर कहा था—

'बेटा! मैं और तुम्हारे पापा इसे पालने में हर जरूरी मदद करेंगे।'

इशिका को पापा अपने साथ स्कूल छोड़ने और लेने जाते थे। इंद्रनील के ऑफिस से घर पहुँचने तक माँ उसका ध्यान रखती थी। हर रोज इंद्रनील उसे स्पीच थेरेपी और साइन लैंग्वेज की क्लासेज के लिए लेकर जाता था। उसने भी क्लासेज जॉइन की, ताकि इशिका को पालने में सुविधा रहे। हियरिंग ऐड

(श्रवण संबंधी उपकरण) लगाने और स्पीच थेरेपी के लगातार काफी सेशन होने के बाद इशिका के व्यक्तित्व में काफी परिवर्तन आया था। हियरिंग ऐड लग जाने के बाद इशिका अस्पष्ट शब्दों में बोलने लगी थी।

इन कोर्सेज के पूरे होने के बाद इंद्रनील ऑफिस से आकर इशिका को हर रोज तीन से चार घंटे पढ़ाता था। वह उसके साथ तरह-तरह के गेम्स खेलता, ताकि उसका विकास अच्छे से हो। इन सबके बीच पूरा दिन कब गुजर जाता, इंद्रनील को पता ही नहीं चलता। दसवीं में आने के बाद इशिका खुद पढ़ने लगी थी। इशिका ने इंद्रनील को कभी तंग नहीं किया। इंद्रनील उसकी हर अनकही को भी समझने की कोशिश करता।

घर के लोगों के लिए इशिका की बातें समझना मुश्किल नहीं था। माँ-पापा के मुसकराते हुए चेहरे इंद्रनील का हौसला बढ़ाते थे।

माँ को अपने बेटे का अकेलापन बहुत कचोटता था। उन्होंने परेशान होकर कई बार कहा—

'बेटा! हम दोनों तो आपस में बात करके अपने दुःख-दर्द बाँट लेते हैं, मगर तू इशिका की चिंता मत कर। तेरी उम्र ही क्या है?...शादी करना चाहे तो कर ले।"

"माँ! अब दूसरी इरा को लाकर...जीते जी मरना नहीं चाहता। जब इशिका को जन्म देनेवाली माँ ने ही छोड़ दिया, तो मैं दूसरी स्त्री पर विश्वास नहीं कर पाऊँगा। ऑफिस से फ्री होते ही घर के लिए दौड़ता हूँ, ताकि आपका और पापा का काम हल्का कर सकूँ। आप दोनों की वजह से नौकरी भी कर पा रहा हूँ। एक बार इशिका कुछ बन जाए...तब सोचूँगा।"

माँ इंद्रनील की बात सुनकर चुप रह जाती।

छोटा शहर होने के कारण इंद्रनील को घर और इशिका को सँभालने में आसानी रही। सीनियर ऑफिसर्स की मदद से इंद्रनील ने काफी समय जयपुर में ही रहकर नौकरी की।

पाँच-छह साल की उम्र तक इशिका को बोलने-सुनने में काफी दिक्कत थी। उसकी पढ़ाई अन्य बच्चों की अपेक्षा देर से शुरू हुई। यही वजह थी कि उसका ग्रेजुएशन भी लेट खत्म हुआ। ग्रेजुएशन के बाद इंद्रनील ने उसे शहनाज

हुसैन के पार्लर से हेयर स्टाइलिंग का दो साल का कोर्स दिल्ली ले जाकर करवाया। इस कोर्स के दौरान उसने ऑफिस से दो साल की छुट्टी ली, ताकि इशिका के साथ रह सके। इस कोर्स के पूरा होने के बाद इशिका कहीं नौकरी या अपना काम भी शुरू कर सकती थी। इशिका को साहित्य से जुड़ी पुस्तकें पढ़ने का बहुत शौक था। जैसे-जैसे इशिका समर्थ हुई; वह आत्मविश्वासी होती गई।

इन्हीं दो साल के दौरान दस महीनों के अंतराल से पहले पापा, फिर माँ अचानक ही चले गए। माँ कहा करती थी—'जब इशिका कुछ बनकर घर आएगी, मैं आरती उतारकर उसका स्वागत करूँगी।' मगर पापा के जाने के बाद न माँ अकेली रह पाई, न ही उन्होंने इशिका के कोर्स पूरा होने का इंतजार किया।

इशिका बहुत मेहनती थी। इशिका के कोर्स पूरा करते ही शहर के एक बड़े पार्लर में उसे नौकरी भी मिल गई। पार्लर का काम भी ऐसा था, जिसमें उसे बहुत बोलने की आवश्यकता नहीं थी।

तीन साल पहले इशिका ने अपना अपॉइंटमेंट लेटर जब इंद्रनील की गोद में रखकर उसे 'आई लव यू पापा' बोला था। इंद्रनील की आँखे नम हो गई थीं।

जिस घर में पच्चीस साल पहले कभी शब्द गुम हो गए थे···वहाँ का गूँगा-बहरा हुआ वातावरण मानो फिर से बहुत कुछ बोलने और सुनने लगा था। इंद्रनील ने अपनी बेटी की आँखों में झाँकते हुए उसके कंधों को पकड़कर कहा था—

"आई एम प्राउड ऑफ यू बेटा!···एक बड़ा युद्ध न सिर्फ तुमने जीता है, बल्कि मैं भी विजित होकर लौटा हूँ। गॉड ब्लेस यू। अब मैं तुम्हारे भविष्य के लिए निश्चिंत हूँ।"

उस पल इंद्रनील की आँखों में आँसुओं को उतरता देख, इशिका की आँखें भी भर आई थीं। बहुत प्यार से वह अपने पापा को गले लगाकर बोली थी—

"आई एम ऑल्सो प्राउड ऑफ यू पापा। मैं जो भी हूँ, आपकी मेहनत

और धैर्य की वजह से हूँ। मुझे हर जन्म में आप ही पापा के रूप में चाहिए। मैं अपने बाबा-दादी को भी बहुत याद करती हूँ।"

माँ और पापा ने भी इशिका के पालन-पोषण में अहम भूमिका निभाई थी। इंद्रनील को माँ-पापा के अचानक चले जाने का हमेशा अफसोस रहा।

उस रोज बाप-बेटी ने तेज म्यूजिक चलाकर बहुत देर तक डांस किया था। जब भी दोनों बहुत खुश होते, तेज़ म्यूजिक चलाकर डांस करते या मूवी चले जाते। फ्री होने पर घंटों गाना सुनना उन्हें अच्छा लगता था। मन बदली करने के लिए उनका यही प्रिय मनोरंजन था। गुज़रे हुए तीन सालों में इशिका की अच्छे हेयर स्टाइलिस्ट में चर्चा होने लगी थी।

आज दोनों के बीच हुआ संवाद और इशिका का पत्र, इंद्रनील के हृदय को असंख्य भावों की पोटली थमा गया था। पुरानी बातें सोचते-सोचते इंद्रनील को कब नींद आई, उसे पता ही नहीं चला।

अगले दिन सवेरे ब्रेकफास्ट तैयार होते ही इंद्रनील ने इशिका को आवाज लगाकर बुलाया। साथ ही उसकी पसंद के गाने भी चला दिए। इशिका ने टेबल पर पहुँचकर अपने पापा से पूछा—

"पापा! वह पत्र कहाँ है?"

"वह पत्र मैंने सँभालकर रख लिया है बेटा!"

अपनी बात कहकर इंद्रनील ने बेटी की ओर प्यार से देखा, तो इशिका भी मुसकरा पड़ी। इंद्रनील ने ऐसी बहुत-सी छोटी-बड़ी यादों को सहेजकर रखा हुआ था, जिनकी वह अकसर उलट-पलट लेता था। ब्रेकफास्ट खत्म होने के बाद इंद्रनील ने इशिका से मुसकराते हुए पूछा—

"लंच से पहले डांस करोगी मेरे साथ?"

"आज हमारी छुट्टी का दिन है पापा।...डांस जरूर करेंगे।...मुझे आपसे एक जरूरी बात भी करनी है। आपको एक प्रॉमिस भी करना होगा।"

इंद्रनील ने इशिका की बात सुने बगैर ही सहमति में सिर हिला दिया। इशिका ने एकाएक संजीदा होकर कहा—

"मैं अपने संघर्षों में आपके बारे में सोचना ही भूल गई थी पापा! आज माँ के पार्लर से जाने के बाद, मैंने अब तक जो नहीं सोचा था; सोचने लगी हूँ।

मैं अब खुद को सँभाल सकती हूँ। मुझे आपकी शादी करवानी है।"

बेटी की बातों ने उसकी आँखों को आँसुओं से एकाएक ही भर दिया। उसने भर्राए हुए स्वर में कहा—

"पहले तुम्हारे लिए लड़का खोजूँगा बेटा! फिर···अपने लिए सोचूँगा। तुम्हारे पापा की यही इच्छा है।"

पापा की आँखों में आँसू देखकर इशिका की आँखें बरस पड़ीं। इंद्रनील ने ज्यों ही उसे गर्व से देखा, इशिका ने अपने पापा को कसकर गले लगा लिया। बाप-बेटी दोनों ही फूट-फूट कर रो पड़े। उनके जीवन का यह सबसे अधिक भावुक पल था।

□

भूलने में सुख मिले तो भूल जाना

देर रात तक पढ़नेवाली गौरा का ध्यान ज्यों ही अचानक गिलास के गिरने की आवाज से टूटा, वह अचकचाकर अपनी स्टडी टेबल से उठ खड़ी हुई। दादू का नींद में जोर से टेबल पर हाथ टकराने से शायद पानी भरा स्टील का गिलास लुढ़ककर नीचे गिर पड़ा था। ग्लास के गिरने की तेज आवाज के संग उनकी भी नींद उचट गई थी। गौरा को वह भी उठकर बैठते हुए दिखाई दिए।

गौरा तेज कदमों से चलती हुई उनके पास पहुँच गई। उसने जमीन पर पड़े गिलास को उठा लिया। फर्श पर बिखरे हुए पानी पर रद्दी कपड़ा डाल दिया, ताकि अनजाने में ही उठकर चल देने से कहीं दादू फिसल न जाएँ।

दादू का बौखलाया हुआ चेहरा देखकर गौरा कुर्सी खींच कर उनके बिस्तर के पास ही बैठ गई। ज्यों ही उसने दादू के हाथों को अपने हाथों में लिया; हाथ पसीने से तर-बतर महसूस हुए। एकाएक दादू के हाथों का कँपन गौरा के हाथों का संबल पाकर मंद पड़ने लगा। गौरा उनकी असहज स्थिति को भाँपकर परेशान हो उठी और उसने दादू से कहा—

"आपको बहुत पसीना आ रहा है दादू!···प्यास लगी है? आपकी तबीयत ठीक तो है?"

उन्होंने गौरा की किसी भी बात का कोई जवाब नहीं दिया। बस गुमसुम बैठे हुए शून्य में ताकते रहे। गौरा ने उन्हें पानी·का गिलास थमाते हुए वापस पूछ लिया—

"दादू! क्या हुआ है? क्या कोई बुरा सपना देखा? पापा-मम्मा को बुलाऊँ?"

एक गहरी साँस लेकर दादू ने सिर हिलाकर न करते हुए गौरा से कहा—

"सब ठीक है बेटा! शायद कोई बुरा सपना ही···। तुम्हें भी पढ़ाई के बीच से उठा दिया। तीन दिन बाद तुम्हारे पेपर शुरू होने वाले है। जाओ पढ़ने जाओ।"

अपनी बात बीच में ही अधूरी छोड़कर दादू पानी पीकर चुपचाप लेट गए। असमंजस में पड़ी गौरा चुपचाप आकर अपनी स्टडी टेबल पर तो बैठ गई, मगर दादू का बार-बार करवट लेना; उसे असहज करता रहा। गौरा को दादू के कमरे में सोते हुए काफी साल हो गए थे, मगर ऐसा अनुभव कभी नहीं हुआ था।

सिविल सर्विस परीक्षा करीब होने से गौरा के सिर पर पढ़ाई का जुनून सवार था। फिलहाल इस विषय पर वह ज्यादा नहीं सोच पाई, सिवाय इस बात के कि 'कमरे की लाइट के लगभग सारी रात जलने से दादू की नींद में विघ्न पड़ता होगा; वह कल से बैठक में पढ़ा करेगी।'

दोपहर को जब वह सोकर उठी, दादू ने इशारे से उसे अपने पास बुलाकर कहा—

"बेटा! रात को जो भी हुआ, उसे बहू या अपने पापा को मत बताना। नाहक ही दोनों परेशान हो जाएँगे।"

दादू की कही हुई इस बात ने 'कुछ गड़बड़ है' जैसा कीड़ा गौरा के दिमाग में कुलबुला दिया।

अधिकांशतः मध्यमवर्गीय परिवारों में मन और शरीर से एक-दूसरे का करने के कारण आपसी भावों को महसूस करने की पूँजी खुद-ब-खुद जमा हो जाती है। जैसे ही परीक्षा खत्म हुई, गौरा ने अपना बिस्तर वापस दादू के कमरे में जमा लिया।

सबसे पहले उसे दादू की मनःस्थिति का ही खयाल आया, मगर दादू से कैसे बात की जाए?···उसे समझ नहीं आया। आदर या प्रेम भाव से जुड़े रिश्तों में एक ओर दुःख देने वाली बातों का जिक्र करना पीड़ा देता है, दूसरी ओर पीड़ा भाँपने के बाद उन्हें नजरंदाज करना भी आसान नहीं होता। गौरा पहले गुजरी बातों की उलट-पलटकर वजह खोजना चाहती थी।

माँ ने हमेशा दादू-दादी की पसंद से ही घर के काम-काज किए थे। यही वजह थी कि उन्होंने माँ-पापा को बहुत स्नेह दिया था। गौरा सब के लिए बोनस थी, जिसके ऊपर सभी का लाड़ बरसता था।

सिविल सर्विस मेन परीक्षा के निकट आती तारीख के साथ-साथ गौरा की पढ़ाई के घंटे बढ़ते जा रहे थे। दस बजे के बाद घर में छाई हुई शांति गौरा के पढ़ने की तल्लीनता को और भी बढ़ा देती थी। प्रिलिमिनरी परीक्षा पास होते ही गौरा दुगने उत्साह के साथ पढ़ाई में जुट गई थी।

जहाँ एक ओर स्टडी टेबल पर बिखरी हुई किताबें उसका हौसला बढ़ाती थीं, दूसरी ओर दादू का देर रात तक बिस्तर पर ही बैठकर पढ़ना; उसका मनोबल बढ़ाता था। गौरा ने बचपन से ही दादू को खाली वक्त में पढ़ते हुए देखा था। कोई भी अच्छी किताब पढ़ते तो गौरा से कहते—

"गौरा! मैंने फलाँ लेखक की अच्छी किताब पढ़ी है। जब भी समय मिले; तुम भी ज़रूर पढ़ना।"

दादू की सुझाई हुई हर किताब गौरा को भी पसंद आती थी। हिंदी साहित्य हो या अंग्रेजी साहित्य, दोनों की रुचियाँ एक-सी ही थीं। दादू की नियमित दिनचर्या घर के सभी सदस्यों के लिए प्रेरणा थी।

चार वर्ष पहले दादी के अचानक चले जाने के बाद दादू काफी अकेलापन महसूस करने लगे थे। यह बात उनकी चुस्त-दुरुस्त दिनचर्या में आई ढिलाई से ज़ाहिर हो गई थी। उनकी किसी भी आदत से घर-परिवार के किसी भी सदस्य को कभी कष्ट हुआ हो, गौरा को याद नहीं आता।

घर के पास ही बने हुए वॉकिंग ट्रैक पर रोज शाम को नियमित रूप से वॉकिंग के लिए जाना, उनकी सालोसाल की आदत थी। उनके काफी मित्र हर रोज ही वॉकिंग ट्रैक पर मिल जाते थे। साथ हँसने, बोलने और गप्पें लगाने से उन सभी के मन बदली हो जाते थे।

गौरा जब भी फ्री होती, दादू के साथ वॉकिंग करने जरूर जाती। बड़ी क्लास में आने के बाद बढ़ती पढ़ाई के साथ यह क्रम यदा-कदा होता गया। दूसरी ओर बढ़ती उम्र के साथ दादू के कुछ मित्र दुनिया से चले जाने के कारण छूट गए तो कुछ का साथ उनकी बीमारियों की वजह से बिस्तर पर आ जाने के कारण छूट गया।

पचहत्तर की उम्र में भी दादू काफी फिट थे। हर रोज वॉक से लौटकर दादू अपने दोस्तों की बातें दादी से साझा करते थे। दादू-दादी के कमरे में सोने से गौरा न सिर्फ उनके दोस्तों की बातों की साक्षी थी, बल्कि दादू और दादी के बीच होने वाली हर छोटी-मोटी नोक-झोंक की भी साक्षी थी।

गौरा और दादू की दोस्ती पुरानी थी। जब वह ग्यारह-बारह साल की थी, तब उसका बिस्तर दादू-दादी के कमरे में शिफ्ट कर दिया था। गौरा को गाँव की भाषा में होने वाली उनकी बातचीत बहुत लुभाती थी। दादू जब दादी को कुछ समझाना चाहते तो कहते—

'सुनो लक्ष्मी! सगरी उमर गुजर गई तुम अबहूँ महारी बात चयों न समझ पात? कितेक बार और समझाऊँ? तुमहिं बताओ?'

दादू की बात सुनकर दादी कहती—

'तुम चयों हमए अपनी बात समझानों चाहो? तुमहिं हमाई बात चयों न समझ लेत? अपने भीतर के मास्टरे कॉलेज में ही चयों न छोर आत? स्कूल में भी मास्टरी करें हो और घर में भी हमये पढ़ानों चाहो, हम का अबहूँ भी बच्चा हैं, जो तुमाहे मन को सो लिखें-पढ़ें।'

दादू दादी की बात सुनकर खिलखिला पड़ते और कहते—

"अच्छा, तुम पढ़नों न चात तो न पढों; तुम हमए ही पढ़ा दो।"

दादू की बात सुनकर दादी मुसकराकर शरमा जाती। गौरा ने उनके बीच की नोक-झोंक को कभी बहस बनते नहीं देखा था। दादी के जाने के बाद गौरा दादू के कुछ ज्यादा ही करीब आ गई थी।

दादू की बढ़ती उम्र ने उन्हें गौरा के ऊपर कुछ ज्यादा ही निर्भर कर दिया था। तभी तो वह कहा करते—

"गौरा बेटा! तेरे ससुराल जाने के बाद मैं बहुत अकेला हो जाऊँगा। तेरी दादी के जाने के बाद कम-से-कम तेरे कमरे में घूमते-फिरते रहने से मुझे संबल रहता है। तू सामने दिखती है तो मन की बातें भी कर लेता हूँ। तेरे जाने के बाद तो…"

जैसे ही दादू भावुक होते, गौरा कहती—

"क्या दादू? अभी तो मेरे जाने में बहुत समय है। मैं सिविल सर्विसेज

परीक्षा पास करके अपने प्रोफेसर दादू और पापा को बहुत कुछ करके दिखाना चाहती हूँ। शादी का बाद में सोचूँगी।"

दादू अपने सभी काम खुद करना पसंद करते थे। वह साहसी भी बहुत थे, मगर उस दिन उनकी कही बात ने गौरा को सचेत कर दिया था। उनका नींद में बार-बार चौंककर उठना; गौरा को परेशान करने लगा था। काफी समय से वह घर के बाहर वॉक पर नहीं जा रहे थे। बस घर के अहाते में ही आधा-पौना घंटा टहल लेते। माँ ने भी जब उनकी दिनचर्या बदली देखी तो पूछ लिया—

"बाऊजी! आजकल आप वॉक के लिए ट्रैक पर नहीं जा रहे? आपकी तबीयत तो ठीक है। आपके बेटे भी पूछ रहे थे।"

"सब ठीक है बहू! बस आजकल लगता है, थोड़ा जल्दी थक जाता हूँ...इसलिए घर में ही वॉक कर लेता हूँ।"

जिस व्यक्ति की नियमित दिनचर्या सबको प्रेरित करती थी, उनका घर में ही वक्त गुजारना सभी को चकित कर रहा था। पापा ने तो डॉक्टर से उनकी संपूर्ण स्वास्थ्य जाँच के लिए समय ले लिया था। बुढ़ापे में बीमारियाँ कब पाँव पसार लें; पता नहीं चलता। जब पापा ने उन्हें डॉक्टर के पास चलने को कहा, कुछ पंक्तियाँ बोलकर उन्होंने पापा की इच्छा पर विराम लगा दिया—

'नहीं! कुछ नहीं हुआ है मुझे। तुम सब नाहक ही चिंता कर रहे हो। कुछेक दिन में ठीक हो जाऊँगा; अगर कुछ गड़बड़ लगेगी; खुद ही बताऊँगा।'

पापा ने उनकी बात सुनकर कहा भी—

'कोई बात नहीं बाऊजी। एक बार चले चलते हैं। कुछ समय के अंतराल से शरीर की जाँचे हो जाए तो अच्छा ही है। सब ठीक निकलेगा तो मन को तसल्ली ही रहेगी। चलिए, आपके संग मैं भी अपनी जाँचें करवा लूँगा।'

गौरा अपने पापा को अच्छे से पहचानती थी। उन्होंने अपनी जाँच का दादू को मनाने के हिसाब से बोला था, मगर अपनी बात पर अडिग रहनेवाले दादू पर कोई दबाब नहीं बना सकता था।

अपना निर्णय सुनाकर ज्यों ही दादू ने अपने कमरे में जाने का रुख किया; गौरा को कुछ भी सामान्य नहीं लगा। उसके दिन और रात के काफी घंटे दादू

के साथ गुजरते रहे थे। जो बात पापा-माँ अपनी व्यस्ततम दिनचर्या में नहीं देख पाए, वह गौरा भाँप चुकी थी। वैसे भी युवाओं की आँखें अगर सजग हों तो बहुत कुछ देख लेती हैं।

गौरा ने हमेशा दादू को कम शब्दों में ही अपनी बात रखते हुए देखा था। माँ-पापा को घर की जिम्मेदारी सौंपने के बाद उन्होंने या दादी ने किन्हीं कामों में कभी दखल नहीं दिया। दादी भी बहुत सौम्य और संतुलित महिला थीं। माँ ने ही गौरा को बताया था कि जब वह शादी होकर आई थी, दादी ने कहा था—

'बहू! पंद्रह साल की उम्र में तेरे बाऊजी के साथ ब्याहकर आई थी। सब काम हाथ से करते हुए पूरी उम्र गुजर गई है बेटा। अब घर की सारी जिम्मेदारियाँ सँभाल लो। मेरी तो यही इच्छा है कि भागवत और रामायण में मन लगाऊँ।'

माँ ने भी दादी की बातों का पूरा मान रखा। गौरा ने दादी को कभी माँ के कामों में नुक्ता-चीनी करते नहीं देखा। दादी के अचानक चले जाने पर माँ ही सबसे ज्यादा यह कहकर रोई थी—

'माँ! आपके होने से बहुत हौसला था।'

गौरा माँ को दादी की सेवा करते हुए देखती तो उसे अपनी माँ पर फख्र होता। दादी के चले जाने के बाद जब दादू का खयाल रखने की बात आई, तो पापा ने ज्यों ही कहा मैं बाऊजी के कमरे में सो जाऊँगा, ताकि उनका मन ठीक रहे। गौरा बीच में ही बोल पड़ी थी—

'पापा! मैं दादू का खयाल रख लूँगी। सालों से उनके कमरे में सो रही हूँ, उनकी दिनचर्या आपसे ज्यादा मुझे पता है।'

गौरा ने माँ के साथ मिलकर दादू की जरूरतों का पूरा खयाल रखा। उनके घर में तीन कमरे थे। दो कमरों में बेडरूम और एक में बैठक बनी हुई थी। जब भी बुआजी-फूफाजी या अन्य मेहमान आते, बैठक में बिस्तर लगाकर सब इंतजाम कर दिया जाता था। दादू-दादी के कमरे में पूरे परिवार की गप्प-गोष्ठी हुआ करती थी।

गौरा सिविल सर्विस के प्रिलिमिनरी और मेन परीक्षा की तैयारियों में लगभग दो साल से लगी थी। पेपर अच्छे हो जाने से वह खुश थी। पुरानी सभी

बातों को याद कर विश्लेषण करते–करते कब उसे गहरी नींद आई; पता ही नहीं चला।

एकाएक रात के गहराते सन्नाटे में दादू के सुबकने की आवाज जैसे ही गौरा के कानों तक पहुँची; वह अचकचाकर उठ बैठी। उसने दादू को पहली बार सुबकते हुए देखा था। गौरा तेजी से उठकर उनके पास पहुँच गई। तब तक दादू भी अपने बिस्तर से उठकर बैठ गए थे। अपने आँसुओं को एकाएक पोंछकर वह बोले—

"कुछ नहीं हुआ बेटा! सब ठीक है। जाओ जाकर सो जाओ।"

" दादू! काफी दिनों से देख रही हूँ, कुछ भी तो ठीक नहीं है।···परीक्षा होने की वजह से आपको समय नहीं दे पाई। सॉरी···कुछ तो है, जो आपको लगातार खाए जा रहा है!"

"कुछ नहीं है बेटा!···बस तेरी दादी का खयाल।···"

अभी दादू ने अपनी बात पूरी भी नहीं की थी कि गौरा ने उन्हें बीच में ही टोक दिया। उसे दादू की इस बात में सच्चाई नजर नहीं आई, क्योंकि दादी के जाने के छह साल बाद उनका इस तरह खयाल आना; सच नहीं था।

दादू तो दादी के जाने के समय भी इस तरह नहीं रोए थे। बस कुछ महीनों तक जरूरत भर का ही बोले थे। आज उन्हें रोता हुआ देख गौरा की आँखे भी तर–बतर हो आईं। उसने जल्द दादू के बिस्तर के पास पड़ी कुर्सी को सरकाया, और उनके हाथों को अपने हाथों में लेकर वह बहुत प्यार से पूछ बैठी—

"क्या हुआ है दादू···सच-सच बताइए न। हम में से किसी की भी बात ने आपको चोट पहुँचाई हो तो सॉरी दादू···हम आपके ही बच्चे हैं न···गलती हो सकती है।"

"न मेरी बच्ची···तुम लोग तो मुझे स्वप्न में भी चोट नहीं पहुँचा सकते हो। यह मेरा विश्वास है बेटा!···सब ठीक है, तू परेशान मत हो।"

गौरा अब किसी भी तरह उनकी बातों में आने वाली नहीं थी। उसने दादू से कहा—

"आपको पता है न दादू आपकी पोती आपकी तरह ही जिद्दी है। नहीं बताएँगे तो मैं भी यहाँ से नहीं हिलूँगी। सबसे पहले आपका बी.पी. लेती हूँ,

साथ ही शुगर टेस्ट भी कर लेते हैं, ताकि अगर कोई जरूरत हो तो डॉक्टर की मदद ले।"

गौरा को अच्छे से पता था, दादू को उनका ब्याज मूल से ज्यादा प्रिय है। तभी वह गौरा के हाथों में अपने मुँह को छिपाकर फूट-फूटकर रो उठे। गौरा को दादू का इस तरह रोना बुरी तरह तोड़ गया। जैसे ही उसने खुद के भावों को काबू किया, दादू ने इशारे से कमरा बंद करने को कहा। कमरा बंद होते ही धीरे से बोले—

"पहले वादा कर किसी से कुछ नहीं कहेगी। बेटा! मैं नहीं चाहता मेरी बहू या बेटा ऐसी बातों से परेशान हों।"

गौरा के सहमति में सिर हिलाते ही दादू ने बोलना शुरु कर दिया—

गौरा! तेरे दादू रोज वॉक पर जाते हैं न बेटा। वहाँ एक लड़की साल भर से एक लड़के के साथ बेंच पर बैठी हुई मिलती थी। वॉकिंग करते हुए मेरी निगाह उन पर पड़ रही थी। लगभग तेरी ही उम्र की लड़की होने से मुझे उसे देखकर तेरा ही खयाल आता था।

कुछ दिनों पहले कोई दूसरा लड़का उससे साथ दिखाई देने लगा। मैं वहाँ घंटा भर वॉक करता था; तब तक तो दोनों वहीं होते थे। उसके बाद का मुझे नहीं पता, क्योंकि अँधेरा होने से पहले मैं घर लौट आता था।

तेरी परीक्षा होने से पहले की बात है। उस रोज अन्य तीन लड़कों ने आकर उस लड़की और लड़के से गाली-गलौज की। सरेआम युवाओं के झगड़ने से धीरे-धीरे लोगों का जमावड़ा होने लगा। सब तमाशबीन बने मजे ले रहे थे। किसी ने बीच पड़कर उन्हें दूर करने की कोशिश नहीं की।

थोड़ी देर तक तो मैं उन्हें नजरंदाज कर अपनी वॉक करता रहा। आए हुए लड़कों ने जब उन दोनों के साथ हाथापाई करनी भी शुरू कर दी, तब मेरे भीतर का अध्यापक खुद को रोक नहीं पाया बेटा। जैसे ही मैंने उन युवाओं से बात करने की कोशिश की···उनमें से एक युवा ने, बगैर मेरी उम्र का लिहाज किए···न सिर्फ भद्दी गालियाँ दीं, बल्कि मेरे ऊपर हाथ उठाकर गुर्राता हुआ बोला—

"बुढऊ! बीच में बोलने का बढ़ा शौक चर्रा रहा है तुझे। देख, बीच में मत पड़; पछताएगा। बड़ी जवानी चढ़ी है। इस लड़की का तेरे साथ भी···।"

"बेटा! जैसे ही उस लड़के ने अपनी बात बोलकर मुझे पीछे धकेला, साथ में खड़े हुए लड़के जोर से हँस दिए। वह लड़की भी बहुत भद्दी गालियाँ बोल रही थी। उन सब युवाओं के भोले-भाले चेहरों के पीछे कितना भयानक चेहरा था, जिस उम्र के मेरे नाती-पोते हैं, उस उम्र के बच्चों द्वारा ऐसा अपमान···उन उदंडों से वहाँ मौजूद कोई भी व्यक्ति कुछ नहीं बोला।

घर लौटकर किसी का भी सामना करने की हिम्मत नहीं थी मुझमें। बस मैं मरा ही नहीं बेटा। सारी उम्र इतने सारे बच्चे पढ़ाए हैं। हमारे पढ़ाए हुए बच्चे ऊँचे-ऊँचे पदों पर बैठे हैं। आज भी जब कहीं मिलते हैं तो पैर छूते हैं मगर आज की जैसी भयावह स्थिति···।

उनके लगाए चाँटे की गूँज और भद्दी गालियाँ दिमाग से निकल ही नहीं रहीं। मैं उस रोज बहुत डर गया था बेटा, कहीं अगले दिन समाचार-पत्र में फोटो···। सालोसाल जो इज्जत कमाई है, उसका क्या होगा? न जाने कितने दिनों तक समाचार-पत्र को ध्यान से पढ़ता रहा। समाचार-पत्र भी तो सनसनीखेज खबर बनाने में वक्त नहीं लगाते।"

दादू अपनी बात बताते-बताते फिर से फूट-फूटकर रो उठे थे। उनके मन की घुटन फूट पड़ी थी। गौरा को उनका बिलखना चोटिल कर गया। उनके आँसुओं को पोंछते हुए गौरा ने कहा—

"दादू! प्लीज, परेशान मत होइए। जिन युवाओं ने आपका उपहास उड़ाया है, उन्हें तो मैं खोज लूँगी। कल से मैं आपके साथ वॉक पर जाऊँगी। आपको इशारा भर करना है। अगर आस-पास के ही रहनेवाले हुए तो जल्दी ही मिल जाएँगे।"

ज्यों-ज्यों दादू की बातें पिघले सीसे-सी गौरा के दिल और दिमाग में पसर रही थीं, आज के युवाओं का प्रतिनिधित्व करनेवाली गौरा शर्मसार हो रही थी। एकाएक उसे लगने लगा था, जैसे अपराध उसी से हुआ हो!

जैसे ही गौरा को अतीत में दादू की कही बात याद आई; उसने प्यार से कहा—

"दादू! आपने ही तो एक बार न जाने किस बात पर दादी से कहा

था…"जिन बातों को भूलने से सुख मिले; उन्हें भूल जाना चाहिए।' दादू आप भी प्लीज, अपनी गौरा के लिए इस घटना को भूलने की कोशिश करिए।"

"बेटा! कुछ बातें इतनी आसानी से भुलाई नहीं जा सकती।"

"दादू! युवाओं की बढ़ती उदंडताओं को जब तक सत्ता और उनके ही परिवारों से संरक्षण मिलता रहेगा; ऐसे हादसे हो सकते हैं। आप ही तो कहते हैं कि सत्ता और सबलता का मद व्यक्ति को उच्छृंखल बना देता है।"

"तेरी बातें सच है बेटा! मगर इस उम्र में मुझे ऐसी घटना को झेलना पड़ेगा? बहुत दुर्बल महसूस कर रहा हूँ। हमारे समय में अगर कोई युवा ऐसी हरकत स्कूल या कॉलेज में करता था, उसकी धुनाई पहले अध्यापक करता था, फिर घरवाले करते थे। मैं यह बात कैसे भूल जाऊँ कि वहाँ खड़े लोग भी ऐसा होते हुए देखते रहे! समाज किस दिशा में जा रहा है; समझ ही नहीं पा रहा हूँ!"

प्रिंसिपल के पद से रिटायर हुए दादू की पीड़ा बहुत बड़ी थी। यह बात गौरा महसूस कर रही थी, मगर वह किसी भी तरह दादू के मन को शांत करना चाहती थी।

"दादू प्लीज! आप ही ने तो मुझे बताया था कि जिन द्रोणाचार्य ने किसी निहत्थे पर वार न करने की शिक्षा दी थी; वही अभिमन्यु पर सात महारथियों द्वारा आक्रमण होने पर चुप रहे। बहुत आदर्शवादी बनने वाले लोग जरूरत पड़ने पर ऐसा ही दोगलापन ओढ़ लेते हैं। आप मेरी प्रेरणा हैं दादू। मैं हूँ न आपके साथ!"

दादू के मन की पीड़ा गौरा को रूआँसा कर रही थी। जैसे ही दादू ने अपने आँसुओं को पोंछकर गौरा की बात पर सहमति जताई; गौरा सुबक पड़ी।

दादू को सँभालते-सँभालते एकाएक गौरा को दादी का खयाल आ गया। अगर आज दादी होतीं तो दादू के मन का बोझ पहले ही हल्का हो गया होता। गौरा को आज पहली बार महसूस हुआ कि एक उम्र पर पहुँचने

के बाद, कुछ पीड़ाओं के बोझ हर रिश्ते के साथ आसानी से हल्के नहीं किए जा सकते।

गौरा की मन:स्थिति अब उसके भविष्य के लक्ष्य को और भी मजबूती दे रही थी। अनायास गौरा बुदबुदा उठी थी—

"दादू! मैं ऐसी उद्दंड होती हवाओं से अच्छे से वाकिफ हूँ, पर मैं छायादार दरख्तों की बेरहमी से काँट-छाँट करनेवालों को भी देख लूँगी। साथ ही आपको इस तरह खोखला होकर कभी गिरने नहीं दूँगी!

□

वह तोड़ती रही पत्थर

माया को जैसे ही माँ की बजाई घंटी की आवाज सुनाई दी, वह दौड़कर कमरे की चौखट पर पहुँच गई। माँ को गहरी नींद में सोता हुआ देख उसे खुद के पगला जाने का अंदेशा हुआ। दिन में न जाने कितनी बार उसे ऐसा संशय होता और वह दौड़कर उनके कमरे में पहुँच जाती, मगर वहाँ फैला हुआ सन्नाटा उसे खुद पर शक करवा देता।

कुछ समय से घंटी के सेल निकाल देने का कुटिल खयाल भी उसके दिमाग में घंटी-सा ही बजने लगा था। माया ने ही पंद्रह साल पहले माँ के सिराहने घंटी रखी थी। जिसके बजने की आवृत्ति समय के साथ बढ़ती ही गई। उसे कभी खुद के निष्ठुर होने पर ग्लानि होती, मगर दिन में बार-बार बजती हुई घंटी की आवाज उसे उकसाती—

"सेवा नहीं कर सकती तो भाग जा सब छोड़कर या वंशी को साफ-साफ मना कर दे; नहीं होता तुझसे।"

घर में फैले अकेलेपन ने माया को उकता दिया था। सुविधाएँ बढ़ाने के लिए खुद के खपे बगैर कुछ भी संभव नहीं था। सिर्फ ग्रेजुएट होने से उसे कहीं अच्छी नौकरी भी नहीं मिल सकती थी। बिस्तर पर पड़ी लकवाग्रस्त माँ को ज्यों-ज्यों मनोरोग घेर रहा था, वह कुछ-न-कुछ ऐसा करके अपने किए को नकार जाती। बढ़ती उम्र के साथ मृत्यु के खौफ ने उन्हें बावला कर दिया था। थोड़ी देर को भी उन्हें कमरे में कोई नहीं दिखता तो घंटी बजा देती। कई बार तो माया को लगता, माँ घंटी बजाकर अपनी आँखें बंद कर लेती हैं।

माँ को उसे तंग करने में हमेशा ही मजा आता था। जब वह स्वस्थ थी, तब भी उसकी हजार कमियाँ निकालकर आस-पड़ोस में गा आती। वंशी की अधिक टूरिंग वाली जॉब होने से वह दस-बारह दिनों के लिए ही घर आता था। बेटे ने जितना समय माँ के साथ रहकर गुजारा था, उसके न के बराबर समय पत्नी के साथ गुजारा था। तभी वंशी को अपनी माँ ही सही लगती थी। कभी-कभी उसे लगता, दोनों मजबूरियों से जुड़े इस रिश्ते को विकल्प न सूझने से बस निभाए जा रहे हैं। वंशी से साझा करने की सोचती तो जोर से झल्ला पड़ता—

"तुम्हें मेरी माँ का काम नहीं करना तो साफ-साफ बता दो! वह लकवाग्रस्त तो है ही, अब तुम उसे पागल भी करार दो। मेरा तो घर में आना ही कुछ दिनों के लिए होता है। घर में दो ही जने हैं। काम ही क्या होता है? तुमसे तो कुछ भी नहीं सँभलता।"

माया को वंशी की बात सुनकर अपने कहे हुए पर अफसोस होता। जिसे कुछ समझना ही न हो, उससे कुछ भी कहना शब्दों को जाया करना ही था। संस्कारों की बेड़ियों में जकड़ा उसका मन बहुत कुछ बोलना चाहता, मगर वह भी लकवाग्रस्त हो जाता।

जिस घर में वह बेफिक्र होकर रह रही थी, सास-ससुर से ही मिला हुआ था। वंशी की आय बहुत अधिक न होने से उनके लिए तो दो कमरे का घर बनवा पाना भी मुश्किल था। विरासत में मिले घर के साथ माया को विरासत में माँ की सेवा करने का दायित्व भी मिला। ब्याह के चार साल बाद ही माँ ने बिस्तर पकड़ लिया था।

वंशी पहले ही किसी काम में हाथ नहीं बँटाता था जो अब जरूरत पर बँटाता। इकलौता बेटा होने के कारण माँ के किए हुए लाड़-प्यार ने उसे स्वार्थ पूर्ति करना तो सिखाया था, मगर दूसरे के कष्ट को महसूस करना उसकी फितरत में नहीं था।

वंशी जब भी घर आता, माँ के कमरे में उसके सोने से घंटी बजनी तो बंद हो जाती, मगर माया के काम कुछ ज्यादा ही फैल जाते। माँ के कामों के साथ-साथ वंशी की सारा दिन खाने-पीने की फरमाइश भी पूरी करनी पड़ती।

जब कभी वंशी घर न आ पाने के असमर्थता जताता, उसके चेहरे पर सुकून पसर जाता। माया ऐसी ही विरली स्त्री थी।

माँ के लगातार बड़बड़ाने और कोसने से वह कभी उनके कमरे में सोने का निर्णय नहीं ले पाई। माँ का अपने शरीर पर जोर नहीं था, मगर बहु पर था। उन्हें घर में आगे-पीछे सुनाने को वही दिखती थी। माया की परेशानियाँ तब और बढ़ जाती जब वंशी के ऊपर ऑफिस के काम के अलावा घर के कुछ कामों का बोझ पड़ता और वह बड़बड़ाना शुरू कर देता—

"माया! कितनी अस्त-व्यस्त रहती हो तुम। घर में झाड़ू-पोंछा और बरतन के लिए नौकरानी आती है। फिर भी तुमसे घर नहीं सँभलता। तुम दूसरी जिम्मेदारियाँ कैसे उठाती?…अच्छा ही हुआ, बच्चा नहीं…"

अपनी बात बीच में ही अधूरी छोड़कर वह तो अपने काम में मगन हो जाता, मगर अस्त-व्यस्त होने का आरोप लगते ही माया के सब्र का बाँध टूट जाता। विवाह के दो साल बाद ही उसे पता चल गया था कि वह माँ नहीं बन सकती। वंशी के भीतर दबी हुई कुंठाएँ जब-तब निकलकर बाहर आ जाती। खुद के स्वाभिमान को बचाने के लिए वंशी को छोड़ने का निर्णय लेती भी तो किस बूते पर अन्य का हाथ थामती? लड़कियों की जिम्मेदारियों से माँ-बाप हो या अन्य सभी छूटना चाहते हैं। खुद के भीतर कमी हो तो औरत चुप्पी साध जाती है, मगर आदमी…वंशी के जैसे और अधिक विद्रोही हो जाता है।

वंशी के अलावा वह किसको समस्याओं का हल खोजने को बोलती? जिसे बताना चाहती थी, वही सुनने को तैयार नहीं था। उसे तो लगता था, अगर माया की बात सुन ली तो वह सिर पर चढ़ जाएगी। उसकी माँ को कौन सँभालेगा? जब बहुत परेशान होती कहती—

"वंशी! प्लीज, कभी कामों में हाथ बँटाने का सोच लिया करो, ताकि कुछ समस्याओं के हल निकल सके।"

वंशी भी घर में आराम करने का सोचकर आता। उसे कभी सब्जी या किराने का सामान लाने का बोल देती तो खीज उठता। वह अपनी माँ की तरह अपने स्वार्थों की पूर्ति करने के लिए दूसरे के कामों को बढ़ाना जानता

था। माया की कही बात का पलटवार करना उसे जरूरी लगता था, ताकि वह चुप रहे।

"मुश्किल से प्रोग्राम बनाकर घर आने का सोचता हूँ, ताकि मन शांत रहे घर में तुम्हें खाली बैठा दिखता हूँ क्या? यहाँ भी ऑफिस वाले साँस नहीं लेने देते, उसके ऊपर से तुम्हारी भी कुछ-न-कुछ चिक-चिक…।"

माया बोलना चाहती थी…'क्या उसे वह बिस्तर तोड़ते हुए दिखती है?' मगर वह अपने होंठों को सिल लेती। वंशी तो दो-चार दिन बाद निकल जाता, मगर माया अपने मन पर लगी हुई चोट को रह-रहकर सहलाती रहती। बहुत परेशान होने पर वह घर के बाहर की गली में तेज-तेज कदमों से पंद्रह-बीस मिनट चक्कर लगाती, ताकि मन शांत हो सके।

घर की चारदीवारी तक ही निकलने की फुर्सत थी उसे। पहले उसे बच्चे न होने की कमी अखरती थी, मगर जब से माँ को लकवा हुआ, उसकी इस सोच पर भी विराम लग गया था। यह सच है कि सीमित आय होने से सोच भी बहुत सोच-समझकर पींग बढ़ाती है।

गली में चक्कर लगाते हुए माया का दिमाग घनचक्कर हो रहा था। बार-बार वंशी की बातें माँ की बजाई घंटी-सी ही प्रहार कर रही थीं। जब मन शांत नहीं हुआ तो उसकी दृष्टि अनायास घर के बगल वाले प्लॉट में चलने वाले निर्माण कार्य पर गई। घर की व्यस्तताओं में उसने कभी बगल के प्लॉट में झाँककर भी नहीं देखा था; वहाँ क्या चल रहा है? कभी तोड़ने-फोड़ने की आवाजें आती तो सोचती बाहर जाने पर देखेगी, मगर घर के कामों में थक-हारकर उसे बिस्तर ही दिखाई देता। माँ को बेड-सोर न हो जाए, दिन में कई-कई बार उन्हें तकियों का सहारा देकर बैठाती। साथ में उनकी चौकीदारी करती; कहीं संतुलन न बिगड़ जाए। खाना बनाने से लेकर खिलाने तक, कब सवेरे से रात हो जाती, माया को पता ही नहीं चलता।

बाहर घूमते हुए अकस्मात् उसकी नजर पसीने से तर-बतर पच्चीस-छब्बीस वर्षीय युवा मजदूरन पर पड़ी। वह पत्थरों को तोड़-तोड़कर छोटी-छोटी गिट्टियाँ बनाने में मशगूल थी। उसके धूल-धूसरित सपाट चेहरे पर कोई भाव नहीं था। उसके हथौड़े का पत्थरों पर प्रहार करने का तरीका माया को

अनायास डराने लगा। जरा-सा ध्यान इधर से उधर होने पर हथौड़ा उसकी उँगलियाँ भी कुचल सकता था। न जाने क्यों युवती के गुम-सुम चेहरे पर छाई हुई खामोशी में माया को ज्यों ही पीड़ा महसूस हुई, उसने स्वयं से पूछा—

"क्या मैं परेशान हूँ,…इसलिए मुझे युवती परेशान दिखाई दे रही है?"

जब कोई जवाब पलटकर नहीं आया, उसने पुनः युवती का चेहरा गौर से देखा। माया भी तो मन के अशांत होने पर अनचाहे ही कढ़ाई के किनारे पर करछी झटकारते समय या कोई दरवाजा बंद करते समय, जिस दबाब का प्रयोग करती थी, कुछ ऐसा ही उसे युवती के प्रहार करने में महसूस हुआ। एकाएक उसे मारी हुई करछी की आवाज दिमाग पर टन्न-सी टकराती हुई महसूस हुई। खुद की पीड़ा और युवती की पीड़ा में साम्य महसूस करते ही माया के रोंगटे खड़े हो गए।

वह झट घर के मुख्य द्वार से निकलकर युवती के सामने जाकर खड़ी हो गई। काफी देर खड़े रहने के बाद भी जब युवती का ध्यान माया की ओर नहीं गया तो माया को युवती के परेशान होने का संशय मजबूत हो गया। कुछ ऐसा ही अहसास उसे अपने परेशान होने पर होता था। क्रोध में आस-पास की आवाजें उसके भी कानों तक पहुँचना बंद कर देती थीं और वह यंत्रवत् बेसुध काम करती रहती थी। वह युवती सिर्फ अपने सामने रखे हुए पत्थर पर नजरें जमाए उसे तोड़-तोड़कर छोटा करने में जुटी थीं। गिट्टियों से उचटती किरचें भी उसके चेहरे पर सतत प्रहार कर रही थीं। उसके चेहरे पर आई हुई खरोचें शायद उन्हीं किरचों से लगी हुई निशानियाँ थीं। हर टूटती गिट्टी के साथ जब माया की साँसें थमने लगीं। उसने थक हारकर युवती से कहा—

"सुनो! थोड़ा अपने हाथ का ध्यान रखकर प्रहार करो। चोट लग गई तो बाद में काम कैसे करोगी? क्या हुआ है?"

बीमार सास की तीमारदारी करते-करते माया को चेहरे पढ़ने की आदत-सी हो गई थी। युवती ने जब उसकी बात को सुना-अनसुना कर दिया, तो उसने पुनः ऊँची आवाज में कहा—

"इतनी जोर से हथौड़ी का पत्थर पर प्रहार करोगी, चूक गई तो खुद को

घायल कर लोगी। पत्थर का कुछ भी नहीं बिगड़ेगा। वह तो टूटकर भी पत्थर ही रहेगा।"

शायद माया की बात उसके कानों तक पहुँच गई थी, तभी उसने अपनी आँखें उठाकर उसकी आँखों में झाँका। युवती की आँखों में फैला हुआ भावशून्य सन्नाटा एकाएक माया को सहमा गया। शायद कई रातों से युवती की नींद पूरी नहीं हुई थी। उसकी सुर्ख आँखों की नमी गायब थी। अब माया अपनी पीड़ा भूल चुकी थी। युवती ने सचेत होते ही माया की ओर देखकर कहा—

"मैडमजी! च्यों हमाए फटे में अपनो पाव डार रही हो? बा में कचरो ही कचरो भरो है। तुमन्ने कैसे पहचानो, हमय कोई दिक्कत दुबिधा है? हमाओ दर्द तो कभी भगवान् जी तकहूँ, न पहुँचों।···तबही खत्म न होत।"

न कोई आँसू, न कोई आवाज में पीड़ा, बस उसे जो बोलना था, बोल गई। उसकी खड़ी बोली मिश्रित गँवारू भाषा से किसी गाँव की होने का आभास हुआ। वैसे भी भाषा कोई हो, पीड़ा की अभिव्यक्ति किसी भाषा की मोहताज नहीं होती। माया अभी उसकी बोली-भाषा पर विचार कर रही थी कि फिर से उसकी आवाज सुनाई दी—

"काम करन दो मैडमजी! ठेकेदार ने देख लियो तो चीख-पुकार मचावेगो। सुकर है, आज घरबारो काम पर नहीं आयो है। रात जादा पीबे के कारन सारे की नींद ही न खुरि। बाए उठायो तो गारियाँ परि अलग। हरामी है सारो!···काम संग करें है ससुर···सर पे खरे रहकर म्हारी चौकीदारी अलग करें है। खुद के चरितर की कोई गारंटी नाही है, बस म्हारी सारी खोज-खबर राखे है।"

माया की ओर देखे बगैर किसी लेप-लपाट के वह काम करते-करते बोलती रही। उसकी बातों में क्रोध भी ठहरा हुआ था। न उसके स्वर ऊँचे हुए, न आँखों से कोई दर्द झलका। कहीं उसके बात करने से ध्यान न चूक जाए, माया ने डरते-डरते अपनी दुखती रग का भी उससे मेल करना चाहा और पूछ बैठी—

"घर में कौन-कौन है तुम्हारे? बाल-बच्चे हैं?"

"बाल-बच्चे नाहिं हैं। परली साल भरतार की माए लकवा मार गयो हतों। म्हारे साथ ही रहवें बुढ़िया। पहले चलती-फिरती काए करेस करती, अब बिस्तर पर परि-परि करे। यहाँ भी पत्थरन से खटूँ, घर में भी पत्थरन से खटती रहूँ। पत्थर फोर-फोर महारी मति भी पत्थर है गई है मैडमजी!"

तभी अचानक माया की नजर उसके सख्त चमड़ी और ठेक पड़े हाथों पर गई। जहाँ पत्थर तोड़नेवाली युवती और पुरुष के हाथों में कोई फर्क नहीं था। युवती के कटे-फटे हाथों की पीड़ा महसूस करते ही ज्यों ही उसने अपने सूखे हाथों को निहारा, उसकी पीड़ा स्वतः ही कम हो गई। माया तो समय की अल्पता में क्रीम लगाना भूल जाती थी, मगर इस युवती के पास न तो ऐसे साधन थे, न ऐसी संपन्नता। माया को उससे बातें करना भला लग रहा था। अनायास ही वह पूछ बैठी—

"कब ब्याह हुआ तेरा?"

कुछ देर खामोश रहने के बाद वह बोली—

"महीने से नाए भई हती। महीना बहोत दिनों बाद आयो हतों। छाती भी सपाट मैदान-सी परि थीं। माँ संग मजूरी पर जाती, तबही म्हारे मर्द की नजर हम पर गई। कछु रुपया ले-देकर म्हारों सौदों कियो हतों..."

अचानक ही उसके सपाट चेहरे पर जुड़ी हुई भौंहों ने हल्का-सा आकार बदला और वह बगैर पूछे ही कहती गई—

"महारी सास बहोत जल्लाद हती। कच्ची उमर थी, सो मर्द के साथ सोबें में डर लगतो। कमरे से बाहिर भागती। कमरे में मोय धकेल...हरामजादी बाहिर ते कुंडी चरा देती। वो भी भोग रही है अपने करमन का फल। जा दिन मरेगी, वाये भी चैन परैगो और मोए भी। साँझ परे जब घर लौटती हूँ...टट्टी पेसाब में सनी परि मिले है। पहले बाए और बिस्तरे साफ करूँ, फिरे खाना बनाऊँ। ऐसे लोगन ने भगवान् भी जरदी न उठाए। जब दोनन के भोग पूरे होएंगे, तबही कोई एक मुक्त होयगो।"

माया की आँखें लगातार उसकी आँखों में कुछ खोजना चाहती थीं, मगर वहाँ कोई भाव ही नहीं था। मानो उसने दुःख और सुख पर विजय पा ली हो!

सब उसके लिए दिनचर्या का हिस्सा था। उसका अपने मर्द के लिए न कोई उपेक्षित भाव, न कोई शिकायत, न कोई चाहना।

युवती की बातें माया के जहन में झुरझुरी-सी पैदा कर दौड़-दौड़कर कह रही थी—'पत्थर हो या आदमी, कितना भी तोड़ने की कोशिश करो, रहेंगे तो पत्थर ही। उसमें खुद के लिए भाव कैसे खोजोगे?'

इत्तिफाक से दोनों की जिंदगी में साम्य था, मगर दोनों की सोच और परेशान होने का स्तर कितना अलग था! अनपढ़ होकर भी वह कितनी शांत और वह···। गुजरते दिनों में उसने कई बार बगल वाले प्लॉट में झाँका, मगर युवती दिखाई नहीं दी।

दस-बारह दिन ही गुजरे होंगे कि उसे काम करती हुई वही युवती पुनः दिखाई दी तो माया बात करने का लालच नहीं छोड़ पाई—

"कहाँ थी इतने दिन?"

"बुढ़िया के कस्ट मिटे मैडमजी! कछु उसके पाप कटे, तो कछु म्हारे भी पाप कटे।"

अपनी बात बोलकर उसने तगारी में टूटी गिट्टी भरी और उसे आगे देने चली गई। माया किंकर्तव्यविमूढ़ बनी न जाने कितनी देर तक उसे देखती रही। जब वह वापस तगारी भरने आई, अनायास माया पूछ बैठी—

"यहाँ काम खत्म होने के बाद कहाँ जाओगी?"

"जहाँ के रुपयन से दानों-पानी लिखो होगो।"

माया जैसे ही उसकी बात सुनकर मुसकराई, वह बगैर कुछ बोले तनिक-सा मुसकराकर काम में लग गई। उसकी मुसकराहट में छिपी निश्चलता माया की आँखों में ठहर गई। पत्थरों के बीच रहनेवाली इस युवती के लिए दुःख और सुख की परिभाषाएँ स्पष्ट और साफ थीं।

एक परिस्थितियों को ज्यों-का-त्यों स्वीकार कर स्वयं भारमुक्त थी और दूसरी परेशानियों का बोझ खुद पर लाद टूट रही थी। माया को अब कुछ जरूरी जतन करने थे, जिनसे समाधान निकले।

माया और मजदूरन के दुःख समान थे। अब दोनों ही अपनी मुक्ति की राह को खोजने में जुटी थीं। □

सपोले

चौक में पड़ी बेतरतीब बुहारी के बगल में बैठी फूली लगातार कराहते हुए बड़बड़ा रही थी। उसके अस्त-व्यस्त कपड़े, बिखरे हुए बाल उस अबोले भेद को खोल रहे थे, जिसे उसकी माँ चौंमी ताड़कर भी चुप थी।

जिस ओढ़नी के छाँव तले चौंमी ने अपनी भोली-भाली, दिमाग से कमजोर फूली को तावड़े और सरदी में ढाँपकर बचाने की कोशिश की थी, उसी ओढ़नी के एक सिरे से उसने फूली का एक पाँव बाँध रखा था। बेसुध फूली घंटों लहँगे में सिर छिपाए बैठी रहती। कभी अपनी बहती नाक को लहँगे से पोंछती, तो कभी अपने बालों को बेदर्दी से खुजलाने लगती।···उसके मुँह से निकलने वाली आवाजें चौंमी को शूल-सी चुभती थीं। चौंमी को दिन में जितनी बार फुर्सत मिलती, फूली के हाथ मुँह धुलाकर बाल बनाती, ताकि बीमार दिखाई न दे।

फूली की हर बड़बड़ाहट पर चौंमी के कान सतर्क हो जाते—

'बाई! काका का मोटा लड़का कहता है···फूली! तू बहुत फूटरी है···मेरे से ब्याह करेगी। देख काका से बोलूँगा···फिर तुझे ब्याह करके ले जाऊँगा। खूब सिंगार करूँगा तेरा। बनेगी न मेरी बींदणी ?···धत्त! साला हरामी।···बाई-ओ-बाई बहुत दुःखता है हाड़ मेरा।'

कुछ याद न आने पर वह शून्य में ताकती और फिर अपने लहँगे में मुँह घुसाकर कुछ-न-कुछ बड़बड़ाती रहती। फूली की दिनभर की बड़बड़ाहट ने चौंमी के दिमाग में कोई संशय नहीं छोड़ा था। चौंमी खुद को भी उस काले दिन का जिम्मेदार मानती थी, जब होनी के आगे वह चूक गई थी। चौंमी अपना और उसका ध्यान बँटाने को कहती—

"फूली···ओ···फूली···तेरे पास जल्दी आती हूँ बेटा! कब तक यूँ ही उकड़ू बैठी रहेगी? थोड़ी देर आड़ी हो जा। खाना खाएगी···भूख लगी है तुझे? बस तेरे बाबा और भाइयों को रोटी दे आऊँ; फिर हम माँ-बेटी चैन से रोटी खाएँगे। बेचैन मत हो···बस थोड़ा-सा इंतजार कर।"

फूली भी माँ की बातें सुनकर चुप हो जाती, मगर थोड़ी देर बाद ही फिर से बाई-बाई की रट लगाकर वह पुकारने लगती। फिलहाल उसका अपने शरीर और दिमाग पर जोर नहीं चल रहा था। गहरे सदमे ने उसे बावला कर दिया था। फूली का रात में कई-कई बार चौंककर उठना, चौंमी को रुला देता था। वह उसके सिर पर देर तक हाथ फेरती, तब वह गहरी नींद लेती। फूली कभी सोते-सोते सुबकने लगती तो चौंमी का भी रोना फूट पड़ता।

खेत के कामों में पूरा परिवार लगता था, तब जाके दो वखत की रोटी सभी को मिलती थी। लारले साल तक फूली बेरे में दौड़-भागकर छोटे-छोटे सारे काम किया करती थी। फूली के बौरा जाने से बेरे में काम करनेवाला एक सदस्य कम हो गया था। चौंमी के लिए तो फूली के कामों के अलावा उसकी चौकीदारी का भी काम बढ़ गया था।

फूली की हालात उसके बाबा हरिया के लिए रहस्य थे। वह चौंमी से कई बार पूछ चुका था—

"फूली को क्या हुआ है चौंमी? अचानक बावली कैसे हो गई? तू बोलती क्यों नहीं? न जाने कौन-सा शाप लग गया, जो बावली हो गई लड़की। कल बेरे पर साधु महाराज आएँगे, तब दिखा लेना शायद उनके जादू-मंतर से कुछ फरक पड़ जाए।"

चौंमी को हरिया की ऐसी कोई भी सलाह नहीं जमती थी। उसे सब साधु बाबा धोखेबाज और पाखंडी लगते थे। उसे किसी भी साधु के आगे अपनी बेटी को लेकर नहीं जाना था। टी.वी. पर उसने बहुत कुछ देखा था।

हरिया के पास पुरखों से मिला छोटा-सा बेरा था। तीन साल से बहुत कम बारिश होने के कारण खेती-बाड़ी पर बुरा असर पड़ा था। गाँव में छोटे किसानों की मुश्किलें बढ़ गई थीं, मगर साहूकारों की मौज बन आई थी। जमीन में भी पानी काफी नीचे उतर जाने से, जितने भी नए कुएँ खोदे गए,

कहीं पर भी पानी एक खुदाई में नहीं मिला। अगर किसी जगह पानी मिला भी तो बहुत नीचे।

हरिया के कुएँ में भी पैंतीस-छत्तीस पाइप पहले से ही पड़े हुए थे। कुएँ का पानी काफी नीचे उतर गया था। उसके पास इतने रुपए भी नहीं थे कि वापस बोरिंग कर एक और पाइप डलवा सके। गुजरे पाँच-छह सालों में हरिया के ऊपर कर्ज का बोझ काफी लद चुका था। दस साल पुरानी मोटर की भी हाँफनी छूटी हुई थी। घर-गृहस्थी का काम चलाने को बड़ी मुश्किल से फसल होती थी। वह तो पूर्वजों की जमीन हरिया को मिल गई थी, नहीं तो आज पूरा का पूरा परिवार किसी दूसरे के खेत पर मजदूरी कर रहा होता।

खेत का अधिकतर काम चौंमी ही देखती थी। हरिया जब नशे में नहीं होता, तभी बेरे का काम देखता। हालाँकि दूसरे किसानों के खेतों को इजारे पर लेकर मेहनत-मजदूरी से घर के हालात को सुधारा जा सकता था, मगर हरिया के नशे की लत्त को बढ़ावा देनेवाले साथी भी कम नहीं थे।

मुश्किल बखत में हरिया की बींदणी चौंमी दूसरों के खेत पर मजदूरी के लिए जाने का सोचती, मगर जा नहीं पाती थी। बेरे पर फूली को अकेले छोड़कर या मजदूरी पर साथ लेकर जाना चौंमी के लिए चिंताओं को सिर पर लेकर जाना था। कुल मिलाकर पाँच जनों की गृहस्थी की जरूरतें मुश्किलों के साथ पूरी होती थी। जिस दिन मोटर ने चलने से इनकार कर दिया, उस दिन से हरिया की गृहस्थी का भगवान् ही मालिक था। हरिया के लिये हुए कर्ज और फूली के हालात की वजह से चौंमी पर बखत की दुगनी मार पड़ रही थी।

बेरे में ही उनका घर था। दो छोटे मगर पक्के कमरे, गोबर-मिट्टी से पुते हुए चौक से सटे लगे थे। कमरों की छत का प्लास्तर भी जगह-जगह से अपनी पकड़ छोड़ चुका था। उसके भी अब गिरे-तब गिरे जैसे हालात थे। कमरों की सीलन से अकसर ही बिच्छू और दूसरे कीड़े-मकोड़े निकलकर रात-बिरात सबकी नींद खराब करते थे। खाने-पीने की जुगाड़ के बाद ही घर की मरम्मत करवाने का सोचा जा सकता था।

लारले साल की ही तो बात है, जब चौंमी के छोटे लड़के को बिच्छू ने ऐसा डंक मारा कि चौंमी को तुरंत उसे लेकर शहर के अस्पताल दौड़ना

पड़ा। हरिया तो उस रात भी और रातों की तरह सरपंच के यहाँ से नशे में धुत्त लौटा था। लड़के का चार-छह दिन अस्पताल में भरती रहकर इलाज चला, तब जाकर उसकी जान बची। शहर में भी चौंमी ने अकेले ही भाग-दौड़ की।

चौंमी दारूडे हरिया को क्या बताती? सरपंच सुखाराम और उसके बदजात बेटों के साथ उसका रोज ही दारू पीने का अड्डा जमता था। दिन के कुछ घंटों के सिवाय चौंमी ने उसे कभी सँभला हुआ नहीं देखा था।

सरपंच को भी गाँव में अपनी मनमानी करने के लिए हरिया जैसे ही लोगों की जरूरत थी। जिन्हें उसने फ्री की दारू और अफीम खिला-खिलाकर निकम्मा बना दिया था। गाँव के अन्य लोगों के फैसले करते समय उसे हरिया जैसे लोग ही अपनी हाँ में हाँ मिलवानेवाले चाहिए थे।

हर रोज ही दोपहर बाद हरिया पंच सुखाराम के अहाते में हुक्का, बीड़ी और दारू के लालच में या तो खुद पहुँच जाता या फिर सरपंच उसे बुला लेता। नशेड़ियों के खाने-पीने का अड्डा उसी के यहाँ ही जुटता था। सुखाराम रुपए-पैसे के बलबूते पर अपनी पंचियाई चलाता था।

सुखाराम के बेटे बहुधा हरिया को बुलाने खेत पर आ जाते थे, और उसे अपनी ही मोटर-साइकिल पर बैठाकर बखत-बे-बखत ले जाते थे।

चौंमी को पता था कि मोटरसाइकिल पर आते-जाते, हवा से बातें करते हुए सरपंच के बेटे फूली को किसी हीरो से कम नहीं लगते थे। उनके घर में भी एक छोटा-सा काला-सफेद टी.वी. था। बढ़ती उम्र के साथ उसमें चलने वाली फिल्मों को देखकर फूली का मन उमंगित होने लगा था। चौंमी ने उसका टी.वी. देखना भी बंद करवा दिया था।

चौंमी फूली से खूब-खूब देर बतियाती और उसे दुनियादारी की बातें समझाने की कोशिश करती, ताकि उसकी सूझ-बूझ बढ़े, पर फूली की समझ से बहुत कुछ बाहर था। फूली को घर की बातें चूल्हा-चौका, कपड़े धोना, बरतन माँजना और खेतों के काम करना, सब समझ आता था, मगर आदमी का काला-सफेद चरितर उसकी समझ के बाहर था।

फूली को अपने बाबा के पास आकर बैठनेवाला हर माणस भला और अपना लगता। चौंमी उसे हर ऐरे-गैरे के सामने से खींचकर लाती और

समझाने की कोशिश करती, मगर उसके पल्ले क्या पड़ा, क्या नहीं पड़ा? चौंमी भी समझ नहीं पाती।

तीनों भाई-बहन में फूली बड़ी थी। बाकी दो छोटे भाई थे, जो उस बखत स्कूल गए हुए थे। चौंमी कमरे में दोपहर का खाना बनाने में लगी थी। फूली गेहूँ की खड़ी खेती में उग आए खरपतवार निकालने का काम कर रही थी। यह काम बाई ने ही फूली को सौंपा था। उस रोज भी चौंमी को सरपंच के दोनों जवान मुस्टंडों की पुकारने की आवाज आई थी—

'हरिया काका-ओ-हरिया काका···बाबा बुलाए रहे हैं। बेगा पहुँचो। आज सवेरे से ही उन्होंने रट लगा रखी है हरिया को बुला लाओ बेटा···जरूरी काम है। ओ फूली कहाँ मर गई तू···'

पंच के लड़कों की आवाजें सुनकर भी उस रोज चौंमी से ही चूक हो गई थी।

आए दिन सरपंच के लड़कों का आना-जाना होने से, उसे तसल्ली थी कि लड़के आकर चले गए होंगे। घंटा-डेढ़ घंटा बीतने पर चौंमी को जैसे ही फूली का खयाल आया; उसका जी घबराने लगा। फूली काम खतम करके चौंमी के पास अभी तक क्यों नहीं पहुँची?···यह खयाल आते ही वह उसे पुकारती हुई, खड़ी हुई फसल की ओर दौड़ पड़ी—

"फूली-ओ-फूली, कहाँ मर गई?···कहाँ है बेटा तू।"

फूली को खोजती हुई ज्यों ही चौंमी गेहूँ की खड़ी फसल के बीचोबीच पहुँची, बेसुध पड़ी फूली के हालात देखकर वह हुँकार भरकर रोने लगी। किसी बदजात ने उसकी फसल को पकने से पहले ही तहस-नहस कर डाला था।

फूली को अपने कंधे पर उठाए चौंमी दौड़ते हुए कुएँ की भीत पर लगे नल पर पहुँची और उसके मुँह पर पानी के छींटे मारती गई। थोड़ा-सा होश में आते ही फूली ने अधखुली आँखों से माँ की ओर देखते हुए कहा—

"सरपंच काका के दोनों हरामी-साले।" और फिर फूली बेसुध हो गई। फूली को अपने काँधे पर उठाए-उठाए चौंमी को न जाने क्या सूझा कि वह कुँए की कच्ची भीत पर चढ़ गई। तभी स्कूल से लौटे छोटे बेटे ने जैसे ही

चौंमी को आवाज दी, उसकी सुध लौट आई। नहीं तो वह अपनी व फूली की इहलीला समाप्त कर लेती!

फूली को होश में लाने के लिए चौंमी ने सारे जतन कर डाले। फूली होश में आते ही अनर्गल बातें करने लगी। जोर-जबरदस्ती होने से उसके शरीर पर काफी चोटों के निशान थे। पत्थर से टकराने की वजह से उसके सिर पर गहरी चोट लगी थी। चौंमी ने फूली के सिर में लगे घाव में तो हल्दी भर दी, मगर माँ-बेटी के लिए इस सदमे से उबर पाना फिलहाल मुश्किल था।

चौदह साल की फूली, जो सवेरे से शाम तक इधर से उधर चहकती हुई डोलती थी, गुम होकर अनर्गल बातें करने लगी। चौंमी ने साले, हरामी गाली कभी फूली के मुँह से नहीं सुनी थी। यह गाली चौंमी ही बोला करती थी, जब गाँव का कोई बदजात छोरा कुकर्म करता।

उस दिन चौंमी ने अपने ओढनी से फूली को क्या बाँधा कि वह ओढ़नी से बँधी-बँधी एक कोने से दूसरे कोने में मुँह छुपाए बैठी रहती। वह कभी सूनी आँखों से शून्य में ताकती रहती, तो कभी माँ की आँखों में झाँकती।

वह गाँव की सरकारी डिस्पेंसरी में जाकर फूली को दिखा आई थी। डागदर ने भी सदमे की ही बात कही। चौंमी बस थाणे जाकर रपट करने का नहीं सोच पाई। वह औरतजात बीमार लड़की को लेकर अकेली कहाँ-कहाँ भटकती? वह उन बदजातों के कुकर्म करने के सबूत कहाँ से लाती? फूली तो कुछ भी बता पाने में असमर्थ थी।

वह हरिया के सामने सब उगलना चाहती थी, मगर उस रोज भी वह पंच के यहाँ से धुत्त लौटा। उसे तो जमीन पर पाँव जमाकर चलने का भी होश नहीं था। वह तो जैसे-तैसे चारपाई पर पहुँचा और गिरते ही खर्राटे भरने लगा था। न जाने कब तक चौंमी उसको हिलाती रही। वह उसे बताना चाहती थी, कैसे सरपंच के लड़कों ने हरिया के घर की इज्जत धूल में मिला दी! पर हरिया होश में होता··तब उसकी बातें सुनता!

चौंमी की सारी रात जागते हुए कटी। दिमाग से थकी चौंमी को जैसे ही सवेरे झपकी लगी, हरिया ने उसे हिलाते हुआ कहा—

"चौंमी! उठ, देख सरपंच कितना भलामानुष है! मेरा सारा कर्ज माफ

कर दिया। मैं कल सारा दिन सरपंच के पास था। उसके साथ दूसरे गाँव भी जाना पड़ा। तभी तो इतना मौडा हो गया। सरपंच के बड़के ने ही मुझसे कहा था, काका, आप बाबा के साथ जाओ। हम काकी को इत्तिला कर आएँगे कि काका देर रात घर आएँगे।"

हरिया की बातें सुनकर चौंमी का जी हुआ, खूब चीख-चीखकर रोए। बस उसका कलेजा ही छाती फाड़कर बाहर नहीं निकला। उस रोज चौंमी के ऊपर दुःखों का पहाड़ ऐसा गिरा कि उसके तले माँ-बेटी दबकर कुचल गई थीं, मगर हरिया उसके दुःखों से बेखबर लगातार बोल रहा था—

"चौंमी! देख, सरपंच के छोरों ने ही अपने बाप को मनाया···'बाबा, काका अच्छे हैं, इनका कर्जा माफ कर दो। आडे वक्त आपके काम भी आते हैं···।' उनके कहने से ही सरपंच ने मेरा कर्जा माफ किया है चौंमी। उसके छोरे बहुत भले हैं। पता नहीं क्या जादू किया उसके छोरों ने कि सरपंच बोला—

"जा हरिया तेरा सारा कर्जा माफ किया। याद रख···तू रोज मेरी ड्योढ़ी पर हाजिरी देगा। तू चिंता मत कर, तेरी बेटी, मेरी बेटी है। अच्छा बींद देखकर उसका ब्याह करूँगा। देख चौंमी! सरपंच ने न सिर्फ कर्जा माफ किया, बल्कि आगे भी मेरी मदद करने का वचन दिया।"

चौंमी को उस बखत एकाएक लगा कि सरपंच और उसके सपोले लड़कों ने उसके पूरे परिवार को ही डँस लिया हो! चौंमी को महसूस हो गया था कि फिलहाल हरिया का नशा उतरने वाला नहीं है। रोज मुफत की दारू और सरपंच के झूठे-सच्चे वादों ने हरिया के आँखों पर पट्टी बाँध दी थी।

गाँव के अस्पताल के कई चक्कर चौंमी ने लगाए। कभी सुधार दिखता तो कभी बेचैन फूली की आँखें उसकी रातों की नींद उड़ा देतीं। पीड़ा में कराहती फूली को चौंमी अपने साथ चिपकाकर ऐसे लेट जाती, जैसे उसके सारे के सारे दुःख हर लेगी। वह कभी पूरी मरदजात को गाली देती—

"नपुंसक हो जाएँ सारे के सारे···साले।"

फूली को नहलाते-धुलाते हुए उसके शरीर की पीड़ा चौंमी को दिन और रात ऐसे दुःख पहुँचाती, मानो उसी की देह के साथ ज़्यादती हुई हो! मूक बछिया के दर्द को तो गाय ही महसूस कर सकती थी।

साल भर बाद माँ के ओढ़नी से बँधी फूली फिर से मंद-मंद मुसकराने लगी थी। उसमें सुधार दिख रहा था। अब चौंमी को फूली के सदमे से पूरी तरह उबरकर पहले जैसी होने का इंतज़ार था।

चौंमी मूरख नहीं थी, जो बेटी की चोट को भूल जाती! उसके माँ-बाप बहुत समझदार थे। उन्होंने अपनी बेटी को न सिर्फ पढ़ाया था, बल्कि उसे होशियारी भी सिखाई थी। दिनोंदिन जैसे-जैसे फूली की तबीयत में सुधार आ रहा था, चौंमी के मन में पलने वाली सजा देने वाली मंशा और बलवती हो रही थी।

एक रोज चौंमी को पंच के बड़के की पुकारने की आवाज आई—

"चाचा! बाबा बुलाई रहे हैं।"

हरिया बड़के के पास पहुँचता, उससे पहले ही चौंमी अपने सिर का ओढ़ना खींचकर खेत पर लगे लोहे के दरवाजे के उस पार तेजी से पहुँच गई। उसके हाथ में फसल काटने वाला दाँतला था। उसने मोटर साइकिल पर बैठे पंच के बड़के के पैर को अपने पैर के नीचे कसकर दबा लिया और दाँतला की नोंक को उसकी जाँघ में गड़ाकर जोरदार आवाज में कहा—

"साले! हरामी! चाचा-चाची पुकारकर उनके ही घर की इज्जत पर मिट्टी डालता है! तूने क्या सोचा था, फूली कुछ बता नहीं पाएगी और तू बच जाएगा? कैसे भूल गया ईश्वर ऐसी औलाद देता है तो उसकी बाई को सँभालने की ताकत भी देता है। रेत दूँगी तुझे यहीं। थाणे जाने से पहले खुद को और फूली को भी खतम कर देने की हिम्मत रखती हूँ।"

बड़के ने चौंमी का यह रूप कभी नहीं देखा था। चौंमी के जोर-जोर से बोलने से धीरे-धीरे गाँववाले इकट्ठे होने लगे। जैसे ही गाँववालों को भी सब माजरा समझ आया, उन्होंने भी गालियाँ निकालना शुरू कर दिया था।

हरिया का रात से चढ़ा हुआ नशा अभी भी नहीं उतरा था। वह अपना सिर पकड़कर वहीं बैठ गया। पंच का बड़का भी चौंमी के इस प्रहार के लिए तैयार नहीं था। गाँववालों की बढ़ती भीड़ देख वह थर-थर काँपने लगा। एकाएक अपने लहूलुहान होते पैर के दर्द से बिलबिलाकर उसे गाँववालों के सामने ही अपना अपराध उगलना पड़ा—

"पैर पे से पैर हटा चाची। जाँघ से दाँतला भी हटा। देख, कित्ता खून निकल रहा है! मुझे माफ कर दे। गलती हो गई। ब्याह कर लूँगा फूली से।"

"गलती हो गई? फूली की इज्जत इतनी सस्ती नहीं बड़के कि दोनों भाई उसे लूटकर चैन से बैठ जाओ! तू फूली से ब्याह करेगा और तेरा भाई··· थूकती हूँ, तेरे बाप की पंचियाई पर! मेरे खेत पर आज के बाद पैर रखा तो काट डालूँगी तुझे और तेरे भाई को। इस हरिया को भी अपने साथ ले जा। तेरे बाप का दिया नशा इसके सिर पर बैठा है। दो बखत की इज्जत से मिली रोटी इसे रास नहीं आती। तभी पंच के डाले टुकड़े खाने रोज पहुँच जाता है। तू और तेरा बाप मुझे मौत से नहीं डरा सकते। ज्यादा होशियारी दिखाई तो थाणे में ही बात होगी।"

गाँववालों की भीड़ जुटने से अब सच सभी के सामने था। सब बड़के को कोस रहे थे। उन्हें फूली की इज्जत में अपने घर की नन्हीं बेटियों की इज्जत नजर आने लगी थी। गाँव की बड़ी-बुजुर्ग औरतें चौंमी के सुर में सुर मिलाकर गालियाँ दे रही थीं।

तभी अचानक चौंमी को फूली के पुकारने की आवाज आई। उसने तेजी से बड़के के पैर पर जोर से ठोकर मारकर अपना पैर हटा लिया। जैसे ही बड़का दर्द से तिलमिलाकर चीखा, चौंमी ने उसकी जाँघ से दाँतला हटाकर वितृष्णा से हरिया को देखा। फिर तेजी से घर की ओर पलटकर फूली के पास पहुँच गई।

चौंमी ने जैसे ही उसे कसकर गले लगाकर फूट-फूटकर रोना शुरू किया; फूली भी फूट फूटकर रो पड़ी, मानो दोनों की पीड़ा आँसुओं के संग बह पड़ी हो!

□

समर अभी शेष है

"कब छोड़ा तुमने?"

"क्या?"

"अपने स्वाभिमान के लिए लड़ना···"

"दरअसल, छोड़ना कहाँ चाहा···बस छूट गया।"

"वह धरा कहाँ है? जिसकी आँखों में स्वाभिमान दमकता था, जो खुद के स्वाभिमान को बचाकर जीना जानती थी! जिसके पास चंद पलों के लिए बैठना ही ऊर्जित महसूस करवा देता था। अपनी कीमत बिसराकर जीना भी कैसा जीना?"

वियोग ज्यों ही प्रश्न पूछकर धरा की प्रतिक्रियाहीन आँखों से गुजरा, वह चुप न रह सका।

"क्यों तिल-तिल भस्म होकर खत्म होने पर तुली हो? तुम्हारे चेहरे पर छाए हुए गहरे तनाव ने मुझे न चाहते हुए भी इस महीने तुम्हारे घर के सात चक्कर लगवा दिए। हर बार आते हुए सोचता हूँ, बस एक बार तुम्हारे चेहरे पर छाई हुई उदासी को पलटता हुआ देख लूँ! क्या सोचता होगा मेरा मित्र भी? हर रविवार आने वाले वियोग के इतने चक्कर कैसे लग गए?···अच्छे से जानता हूँ तुम्हें, कभी कुछ नहीं कहोगी! वैसे भी साथ गुजरे हुए सालों में बातचीत कर दुःख-सुख बाँटने का रिश्ता कब रहा है हमारा?"

वियोग की बातों को सुना-अनसुना कर धरा ने कहा—

"वियोग! इतने दर्द में खुद गाड़ी चलाकर क्यों चले आते हो? पैंसठ

साल की उम्र में कूल्हे की हड्डी टूटना कोई छोटी बात नहीं है। इतने सालों में तुम्हें नाराज होते नहीं देखा! फिर आज क्यों?"

"तुम गुस्सा जताकर आने का मना कर रही हो, ताकि घर पर आराम करूँ, मगर विजेंद्र का क्या? उसके कामों के लिए तो मुझे आना ही पड़ेगा! ऐसे में तुम मेरी नजरों से कहाँ छिपोगी? तुम्हारा चेहरा और आँखें दोनों ही बोलते हैं।"

धरा के पास कहने को कुछ नहीं था। काफी समय से उसके दिमाग में उथल-पुथल मची हुई थी। अब उम्र के अंतिम पड़ाव पर भी स्वाभिमान का बार-बार टूटना उसे थकाने लगा था, जिसे वियोग ने भाँप लिया था। पहली बार शुरू हुई इस बातचीत ने एकाएक धरा के मन में कुछ प्रश्नों को खड़ा कर दिया था, जो पहले भी कभी उठकर मन की परतों में दुबक गए थे।

'वियोग किसका मित्र अधिक है? धरा का या विजेंद्र का? धरा से कभी इतनी भी बातचीत न करनेवाला वियोग आज इतना कुछ कैसे बोल गया? महीने में तीन से चार बार उसका घर आना तय था।

वियोग या उसके परिवार के हर सदस्य को घर के हर कमरे में आने-जाने की स्वच्छंदता थी। वियोग की पत्नी कावेरी उसे 'जीजी' और उसके बच्चे 'ताईजी' कहा करते थे।

विजेंद्र का वियोग के बगैर कोई भी काम पूरा नहीं होता था। वह अपने मित्र विजेंद्र के पास घंटो बैठकर उसके काम व्यवस्थित करवाता था। विजेंद्र के पास अकस्मात् कोई आ जाता, तो शेष समय धरा के साथ गिनी-चुनी बात कर या तो खामोश हो जाता या कुर्सी पर बैठा-बैठा ही सो जाता।

धरा ने आज तक अपनी मन:स्थिति का वियोग से जिक्र नहीं किया था। उसके मित्र विजेंद्र ने ही शायद पत्नी से हुए मन-मुटावों की खबर दी हो!... तभी आज इतना कुछ अचानक...उसके बचपन का मित्र जो था।

धरा के मन को भाँपना वियोग को खूब आता था। तभी उसके उदास होने पर कुछ देर उसके साथ जरूर बैठता था। धरा ने उसके साथ अपनी परेशानियाँ कभी साझा नहीं कीं, मगर उसकी उपस्थिति कब और कैसे धरा का मानसिक संबल बनती गई...अबूझ-सा ही था।

धरा बरसों से प्रण लेती आ रही थी कि विजेंद्र के किए हुए अपमानों के आगे अब नहीं झुकेगी, मगर घर में शांति बनाए रखने के लिए वह उसके अहं के आगे हर बार झुक जाती। फिर मन को समझाती 'स्त्रियों की मोह-आसक्ति शायद पुरुषों की अपेक्षा अधिक होती है, तभी उनके प्रण टूटते हैं और पुरुष जब मर्जी, तब छूटकर चल देते हैं।'

वियोग ने भी अपनी व्यक्तिगत परेशानियाँ कभी धरा से साझा नहीं कीं। कावेरी ही उसे अपनी बड़ी बहन मानकर अपनी सभी बातें साझा कर लेती थी। कावेरी बस एक ही बात कहती थी—

"जीजी! इनका शांत स्वभाव मेरी सारी परेशानियाँ हर लेता है। कभी रुपए-पैसे की किल्लत हुई होगी तो सारी कटौती खुद पर कर लेते हैं। मेरा बहुत जी दुःखता है। विजेंद्र भाई साहब के होने से इन्हें बहुत सहारा है। दोनों का कोई पूर्वजन्म का नाता होगा।"

धरा कावेरी की बात सुनकर सोच में पड़ जाती। वियोग का विजेंद्र से पूर्व जन्म का नाता है?···या उससे? वह कौन-सा तार है, जो उन दोनों के बीच गुपचुप संवाद बाँधता है? जब तक वह अपने मित्र के घर रहता है, उसके ही हाथ की बनी चाय को हलक से उतारना चाहता है। कौन मानेगा ऐसे भी रिश्तों का अस्तित्व होता होगा? कोई नाश्ता-खाना नहीं, सिर्फ चाय!

वियोग और धरा के बीच गिनती के संवादों में शब्दों के उतार-चढ़ाव एक-दूसरे की मनःस्थिति तक पहुँचा देते थे। इस बात का अंदाज चाय के बढ़ते कपों से हो जाता था।

विजेंद्र के असंयत व्यवहार और क्रोध ने ही उन दोनों के बीच मौन संवाद को जन्म दिया था। धरा को हरदम तोड़ने वाले विजेंद्र के स्वभाव पर उसकी उपस्थिति ने ठंडे फाहों का काम किया था।

पारिवारिक परेशानियों की वजह से विजेंद्र का बचपन असंतुलित माहौल में गुजरा था। बहुत कुछ पाने की जिद में उसने न सिर्फ खुद के सिर पर बोझ लाद लिया, बल्कि धरा को अपनी चिड़चिड़ाहट उतारने का माध्यम भी बना लिया। जब-तब अपनी कुंठाओं और निराशाओं के बोझ को धरा के ऊपर उड़ेल देना, उसकी आदत थी।

जवान होते बच्चों ने भी सुविधा-संपन्न बाप को ही आदर्श मान अपनी राहें चुन ली थीं। बाप के लाड़-प्यार ने उनके सिरों पर भी अहं को बैठा दिया था। खुद के स्वाभिमान को बचाए रखने के लिए धरा के पास चुप रहने के अलावा अन्य कोई विकल्प नहीं था।

जो रिश्ते मोह-आसक्ति की खाद पाकर पलते-बढ़ते हैं, उनसे धरा के लिए छूटना इतना सरल नहीं था। सभी के लिए दिल से करने के भाव ने इतना अधिक बोझ लाद दिया था कि धरा को बहुधा साँस लेना मुश्किल लगता। ऐसे में वियोग का उसकी मन:स्थिति को पढ़ लेना, अचंभित कर देता था।

धरा कावेरी को किसी भी तरह आहत नहीं कर सकती थी। धरा और वियोग के बीच की कम बातचीत ही उनके रिश्ते को गरिमा और मर्यादा से बाँधे रख सकती थी।

वियोग से बातें करते-करते वह अचानक कहाँ से कहाँ पहुँच गई थी। जैसे ही उसे वियोग के पास होने का खयाल आया, उसने अपनी अधमुँदी आँखों को खोलकर एकाएक कहा—

"न जाने कितने वर्षों से मोह छोड़ने का अभ्यास कर रही हूँ, ताकि कष्ट कम हो। पर मुक्त कहाँ हो पाई वियोग? कर्मों से जुड़े हिसाब-किताब इतनी जल्दी छूटते कहाँ हैं? मेरे मौन को पढ़ते रहे हो। रिश्तों से जुड़ी आसक्ति की टूटी-बिखरी हुई किरचे तुम्हें दिखाई नहीं देतीं? इन्हीं के बीच मेरा स्वाभिमान···। कितना भारी-भरकम बोझ रहा इनका, गुजरे हुए चालीस सालों में।

नए व्यापार को शुरू करने के शुरुआती दौर में विजेंद्र के क्रोध को सहन कर, उसे शांत रखने की कोशिश करती रही। तुम्हें तो अपने मित्र का पता ही है न···क्रोध में चिल्लाना, अपनी मनमानी करना···शायद तुम्हें अच्छा नहीं लगे अपने मित्र के बारे में सुनना···।"

जैसे ही वियोग ने हम्ममम्म···बोलकर प्रतिक्रिया दी, धरा की नजर उसकी आँखों में तैर आई नमी पर पड़ी। उसने अपनी बात बदलकर कहा—

"फिर बच्चों के पढ़ने-लिखने और कॅरियर से जुड़े तनावों से उन्हें बचाने में खुद पर तनाव लादती रही। बच्चों ने भी अपनी चिड़चिड़ाहट में न जाने

कितनी बार अपने पापा की ही तरह मेरा अपमान··· । बस, इन सबके बीच साम्य बैठाने में बहुत कुछ छूटता गया···रिश्तों के ही जैसे कहीं।"

एकाएक धरा ने अपनी पीड़ाओं को उसकी आँखों में तैरते हुए देखा तो अपनी बात बदलते हुए वियोग से पूछ बैठी—

"चाय पियोगे वियोग? क्या लेकर बैठ गए हम भी?"

कोई जवाब न मिलने पर वह बोली—

"अपने स्वाभिमान को नजरंदाज करने की वजह से ही बहुत उलझ गई हूँ, मगर मेरा स्वाभिमान मरा नही है वियोग। तभी तो आज भी अभ्यास जारी है।"

"हम्म्म···"

वियोग की इस प्रतिक्रिया से धरा अचानक बिफरकर बोली—

"आज जब इतनी बातचीत हो गई है, तो मन में और जो कुछ है, उसे भी कह दो।"

ज्यों ही वियोग की बैचनी बढ़ी, वह धीमे से बोला—

"अब चलता हूँ। तुमसे मिलने जल्द आऊँगा। मैं हमेशा उसी धरा से मिलना चाहता हूँ, जिससे चालीस साल पहले मिला था। शांत मगर जीवंत··· चहकती-बोलती हुई! अब हम उम्र के अंतिम पड़ाव पर हैं। अगर तुम मिल सको तो उस धरा से जरूर मिलना, ताकि शांत रह सको।"

वियोग जैसे ही कुर्सी से उठा, उसने गहरी पीड़ा में अपने होंठों को कुछ ऐसे दबाया कि आवाज मुँह से बाहर न निकल सके। उसकी पीड़ा धरा से न छिप सकी।

विजेंद्र के दिमाग में चौबीसों घंटे घूमनेवाला मित्र सिर्फ वियोग था। विजेंद्र उसके साथ मिलकर ही अपने बहुत सारे काम साधता था। आज की बातचीत के बाद धरा के विश्लेषण करने की गति बढ़ गई थी—

'क्यों वियोग विजेंद्र के अपमानित करने पर शांत रह जाता है?···और अपमान के बोझ को पल भर में उतारकर उसकी मदद करता है? वह ऐसा विजेंद्र के लिए करता है या धरा के लिए? कहीं वह धरा को उसके कोप का भाजन बनने से बचाने के लिए तो नहीं करता? ऐसे में वियोग विजेंद्र का मित्र है या धरा का··· ?'

वियोग के कमरे से जाते ही एकाएक धरा फफककर रो उठी। विजेंद्र की सामाजिक व्यस्तताएँ बहुत थीं। विजेंद्र दूसरे कमरे में आए हुए व्यापारियों से बातें कर रहा था। जैसे ही वह अपने कमरे में लौटा, धरा से पूछ बैठा—

"वियोग कहाँ चला गया? उसे चाय पिलाई या नही…?"

उसका ध्यान न धरा की नम हो आई आँखों पर गया, न ही उन दो खाली कपों पर, जो सामने ही पड़े थे। धरा के जवाब न देने पर विजेंद्र चिढ़कर बोला—

"क्या तमाशा है धरा…हर बात को कितना खींचती हो…? और कितने दिन बात नही करोगी? एक ही घर में रहते हैं…कब तक मुँह फुलाए रहोगी? किस घर में पति-पत्नी के बीच बहस नही होती? तुम्हारी कोई इज्जत नहीं है, मगर मेरा खयाल तो करो! अब प्लीज, उठो और ड्राइंग रूम में बैठे लोगों के लिए चाय-नाश्ता लगवाओ।"

विजेंद्र की अंतिम पंक्तियों ने धरा का मुँह एकाएक खुलवा दिया—

"विजेंद्र! तुम मेरी इज्जत की बात न करो, तो ही अच्छा है।" अपनी बात बोलकर धरा वहाँ से हट गई।

विजेंद्र की बातों में धरा को 'हुकुम' ज्यादा नजर आता था। उसका धरा के मन से कोई लेना-देना नहीं था। रसोई में पहुँचते ही उसका मन फिर से गुजरे हुए सालों की ओर दौड़ गया—

वियोग जितना अपने मित्र विजेंद्र के लिए समर्पित था, उतना विजेंद्र नहीं था। वियोग की रुपयों-पैसों से मदद करके विजेंद्र अपने सारे भावों की इतिश्री कर लेता था।

डेढ़ साल पहले वियोग की एक्सीडेंट में कूल्हे की हड्डी टूटने पर विजेंद्र ने काफी रुपया खर्च किया। पर अठारह-बीस हफ्तों के प्लास्टर में वह शायद ही कभी उसके पास तसल्ली से बैठा होगा। दूसरी ओर, विजेंद्र के सिर्फ बुखार आने पर वियोग ने न सिर्फ उसके शरीर से जुड़े छोटे-मोटे कामों में मदद की, बल्कि उसका सारा कागजी काम भी सँभाला।

मदद…! अतीत के पन्ने उलटते समय धरा को ज्यों ही उसकी मदद करने का खयाल आया, एक प्रश्न फिर से उसके मस्तिष्क में उठ खड़ा

हुआ··· 'वियोग ने उसका काम हल्का करने के लिए मदद की? या विजेंद्र की··· ?'

खुद से पूछा हुआ यह प्रश्न उसकी आँखें तरल कर गया। वियोग के एक्सीडेंट के बाद न जाने कितनी बार उसने विजेंद्र से कहा था—

'विजेंद्र, हमें वियोग को देखने रोज़ जाना चाहिए। उसने तुम्हारी जरूरत पर बहुत सेवा की है। उसने···' धरा ने अपनी बात पूरी भी नहीं की थी कि विजेंद्र ने उसकी बात बीच में ही काटकर कहा—

"वियोग सिर्फ एक नौकरी करता था। अब रिटायर भी हो चुका है। मेरा बहुत बड़ा व्यापार है। कितने सारे सोशल कमिटमेंट्स हैं। जिनका फायदा वियोग और तुम लोग लेते हो।"

विजेंद्र का अपनी पत्नी और मित्र को फायदा लेनेवालों की श्रेणी में खड़ा करना, एकाएक धरा को चुप कर गया। जिसे रिश्तों की गरिमा साधना न आता हो, उसके आगे खामोश हो जाना ही सही था।

कूल्हे की हड्डी टूटने से वियोग बहुत पीड़ा में था। कावेरी की जी तोड़ सेवा ने धरा को मानसिक संतुष्टि दी, मगर वह तसल्ली से उसके पास बैठ न पाई, हमेशा अफसोस रहा।

डेढ़ साल गुजरने के बाद कावेरी से जब भी बात होती, यही कहती—

"जीजी! एक्सीडेंट को इतना समय हो चुका है, मगर इनकी फिजिओथेरपी खत्म होने का नाम नहीं ले रही। अभी भी काफी दर्द है इन्हें। जब उठते-बैठते या सीढ़ी चढ़ते हैं, इनका कराहना मेरे कानों तक पहुँच जाता है, मगर भगवान् ने इतनी सहनशक्ति दी है कि कभी शिकायत नहीं करते।"

वियोग के शिकायत न करने की वजह भी धरा ही जानती थी। अगर वह दर्द की शिकायत करता तो विजेंद्र या धरा से मिलने कैसे आता?

एक रोज अचानक हुए हृदयाघात ने धरा को अस्पताल पहुँचा दिया। ऑपरेशन के दो दिन गुजरने के बाद भी धरा के दर्द में आराम नहीं था। जब डॉक्टर उसे चेक करने आया, वह दर्द की दवाई बढ़ाने का बोलना चाह ही रही थी कि उसे कमरे का दरवाजा खुलने की आवाज आई। वियोग स्टिक के सहारे कमरे में धीमे-धीमे चलकर आ रहा था। उसकी लड़खड़ाती चाल

और पसीने से तर-बतर चेहरा तीव्र दर्द को बयान कर रहा था, मगर चेहरे की मुसकराहट कुछ अनकहा कह रही थी। डॉक्टर ने एकाएक आश्चर्यचकित होकर वियोग से पूछा—

"सर! लिफ्ट तो खराब थी। आप दूसरी मंजिल तक चढ़कर कैसे आए?"

लिफ्ट के खराब होने का पता चलते ही धरा अपनी पीड़ा भूल गई। उसने स्वप्न में भी नहीं सोचा था कि इतने दर्द में वह अस्पताल आएगा! वियोग ने डॉक्टर को क्या जवाब दिया, धरा को कुछ सुनाई नहीं दिया।

वियोग ने डॉक्टर के जाते ही उससे पूछा—

"धरा! अब कैसी तबीयत है तुम्हारी?"

जब धरा ने उसकी बात का कोई जवाब नहीं दिया, उसने अपना प्रश्न दोहरा दिया। धरा ने बगैर उसकी ओर देखे उखड़ते हुए कहा—

"वियोग! जब खुद की तबीयत ठीक नहीं है, तुम अस्पताल क्यों आए? मेरे मना करने के बाद भी सवेरे कावेरी को भेज दिया और अब…"

"तुम्हें देखने नहीं आता तो खुद को माफ़ कैसे कर पाता? मेरी बात छोड़ो, सिर्फ अपना बताओ…बहुत दर्द है? तुम्हें थोड़ी हिम्मत रखनी होगी। सब ठीक हो जाएगा।"

बहुत कम बोलनेवाला वियोग पिछली दो बार से कितना कुछ बोलने लगा था! एकाएक ही अपना क्रोध जताते हुए वह बोल बैठी—

"बहुत जिद्दी हो तुम वियोग…अपने मन का करते हो। प्लीज! अब जाकर साइड बेड पर लेट जाओ, ताकि तुम्हें थोड़ा आराम मिले।"

पहली बार धरा के माथे पर अपनी हथेली की गर्मी को छोड़, बगैर कुछ बोले वह कमरे में पड़े बिस्तर पर जाकर लेट गया। काफी देर तक एकटक धरा को देखते हुए न जाने क्या सोचता रहा! थोड़ा आराम मिलते ही बोला—

"विजेंद्र कब आया था?"

धरा के न बोलने पर खुद ही बोला—

"आज उसकी कई जरूरी मीटिंग्स हैं। मुझे फोन किया था…टाइम पर पहुँच जाऊँ। मैं यहीं से निकलूँगा, तुम अपना खयाल रखना। कल अस्पताल

आ पाया तो जरूर आऊँगा। मुझे मना मत करना, तुम्हारी बात का मान नहीं रख पाऊँगा। जब तक घर नहीं पहुँचोगी, मेरा मन नहीं लगेगा।"

धरा के पास उसकी बातों के कोई जवाब नहीं थे। विजेंद्र अपने मित्र से पीड़ा में भी काम करवा सकता था, मगर धरा को उसकी पीड़ा कष्ट देती थी। धरा का बेटा अस्पताल में उसके पास रहकर ऑफिस के काम कर रहा था, मगर बेटे की उपस्थिति में वियोग की उपस्थिति-सी राहत नहीं थी।

वियोग और धरा एक-दूसरे की उपस्थिति को न जाने कब तक महसूस करते रहे। धरा को कब नींद आई उसे पता नहीं चला। वह जब सोकर उठी, वियोग जा चुका था। जैसे ही धरा को उसके वापस दो मंजिल उतरकर जाने का खयाल आया, वह फिर से पीड़ा से भर उठी।

धरा को ऑपरेशन के सातवें दिन छुट्टी मिल गई। जब वह घर पहुँची, कावेरी और वियोग घर पर ही थे। बेटा घर आते ही अपने कामों में व्यस्त हो गया। वियोग और कावेरी ने मिलकर उसके लेटने की व्यवस्था की। कावेरी जैसे ही रसोई में चाय और खाने की व्यवस्था करने गई, वियोग ने आखिरी बार शेष बातें पूर्ण की। जिनकी गूँज शेष जीवन भर रहनी थी।

"धरा! तुम सोचती बहुत हो। तभी अचानक यह रोग...खुद का खूब खयाल रखा करो। आज मैं हूँ...कावेरी है। बच्चे अपनी-अपनी राहों पर निकल चुके हैं। उनसे उम्मीद करना फिजूल है। बहुत मान देता हूँ तुम्हें। तुमने मेरे मित्र जैसे विषम व्यक्तित्व के साथ पूरी उम्र शांत रहकर गुजार दी। तुम्हारी इस साधना के आगे, नतमस्तक हो जाता हूँ।

मैंने भी विजेंद्र का साथ निभाया, क्योंकि हम तो बचपन के मित्र थे। उसकी बहुत-सी बातें शायद तुम्हें भी पता होंगी, मगर तुमने कभी नहीं कहा। मैं भी नहीं कहूँगा, क्योंकि तुम्हारे साथ सिर्फ चालीस साल से हूँ, मगर उसके साथ...। उसे समझाने के मेरे सारे प्रयास विफल रहे। यही वजह रही कि तुम्हें बहुत मान देने लगा। बस! मेरे लिए हमेशा अपना खयाल रखना।"

अपनी बात बोलकर जैसे ही उसने अपनी आँखें पोंछी, धरा की आँखें भी भर आईं। वह खुद को बोलने से नहीं रोक पाई—

"तुम मुझे मोह–आसक्ति छोड़कर स्वाभिमान से जीने के लिए बोलते रहे वियोग! तुम्हारा मोह नहीं था मेरे साथ… ?"

"मोह क्यों नहीं था ?"

अचानक मन की बात जैसे ही वियोग के मुँह से निकली, वह सकुचा गया। एकाएक बात बदलकर बोला—

"एक स्त्री के लिए रिश्तों को छोड़ना बहुत मुश्किल होता है। सबके लिए इतना कुछ आसक्ति में बँधकर जो करती है। तभी तुम्हारे चोटिल होने की चिंता कर, तुम्हें स्वयं की खोज करने को चेताता रहा, ताकि तुम्हें पीड़ा कम हो।"

"इसके मायने जब भी मुझे जरूरत हुई, तुम उसी मोह की वजह से मेरे साथ थे ? वही मोह तुम्हें असहनीय पीड़ा में अस्पताल की दो मंजिल चढ़ाकर ले गया ? यही कहना चाहते हो न वियोग ?"

"तुम इसे मेरा प्रेम भी मान सकती हो धरा!"

"तो कभी व्यक्त क्यों नहीं किया ? मेरे भीतर उठने वाले हर प्रश्न के उत्तर में सिर्फ तुम थे वियोग!"

वियोग ने धरा के प्रश्नों का कोई जवाब नहीं दिया, मगर उसकी आँसुओं से भरी आँखें सब बोल चुकी थीं। इस पल में दोनों ने जिस भाव को महसूस किया, वह अकल्पनीय और बेजोड़ था। जिसकी परिणति उन्हें मौन कर गई थी।

एकाएक कावेरी के चाय लेकर आ जाने से उनकी यही आखिरी बातचीत थी।

उस दिन के बाद धरा ने वियोग की न कभी सूरत देखी, न आवाज सुनी। कावेरी से ही सूचना मिली कि वियोग की तबीयत ठीक नहीं है। एक दिन अचानक हृदयाघात होने से वह सोते–सोते ही सब छोड़कर चला गया।

वह अगर जीवित होता, तब भी उनके घर नहीं आता, क्योंकि मन को खोल देने के बाद उसका सामना करना आसान नहीं होता। वियोग ने जाने से पहले अपने मन की बात धरा तक पहुँचाकर, उसकी पीड़ाओं को कम करने की कोशिश की थी। उसे धरा से बेहतर कौन जान सकता था ? आसक्ति की

महीन-सी डोर को थामकर पूरी उम्र गुजार देना, दोनों के लिए बहुत कठिन अभ्यास था। न वह छूटा, न उसने छूटने की कोशिश की।

शेष बचे समय में जैसा वह देखना चाहता था, धरा वैसी ही बनती गई। वियोग के प्रेम ने उसके जीवन के हर रिक्त स्थान को भर दिया था। धरा के लिए इससे अधिक जीवंत बात और कोई नहीं हो सकती थी।

अब बस उसके हिस्से का समर पूर्ण होना शेष था।

□

कल का क्या पता

भूख से बेहाल कजरी बेसब्री से किसना के घर लौटने की बाट जोह रही थी। नशे में धुत्त किसना उसके पहले खाना खा लेने पर कूटता और गालियाँ निकालता—

"मेरे आने से पहले खाना ठूँस लेती है…साली। खसम को एक रोटी ज्यादा खानी हो तो कटोरदान में रोटी नहीं दिखती। बदजात कहीं की!"

कजरी डर के मारे किसना को खाना खिलाकर ही खाती। उसने शायद ही कभी भर-पेट खाना खाया हो। भूखी कजरी गालियाँ निकालती तो किसना पीटते हुए कहता—

"साली! मेरे काम पर जाते ही न जाने कहाँ-कहाँ फिरकर मुँह मारती होगी। फिर भी भूखी रहती है।"

अधेड़ किसना ने किशोरी कजरी को एक दलाल से खरीदा था। किसना शुरू से ही उसके खाने-पीने पर नजर रखता था। उम्र के साथ कजरी का गदराता शरीर बुढ़ापे की ओर बढ़ते किसना की चिंता बढ़ा रहा था। वह उसे बार-बार चेताता—

"घर के बाहर निकली तो टाँगें तोड़ दूँगा साली की।"

बस्तीवाले कानाफूसी करते—

"कजरी तो पगला गई है। सारा-सारा दिन बरतनों की उठा-पटक करती है। न जाने क्या-क्या बोलती रहती है। उसे कच्ची उम्र के ब्याह ने बाबला कर दिया है।"

भूले-भटके कभी कोई पड़ोसी खाने को दे देता तो खुश हो जाती।

मजदूर किसना को रोज काम मिले या न मिले, मगर उसे दारू रोज चाहिए थी। उस रोज भी किसना पीकर आया और खूब उल्टियाँ कीं। उल्टी की बास से भकभकाती कोठरी को साफ करते-करते कजरी अकस्मात् बड़बड़ाने लगी—

"साला! इतना पीता क्यों है?…जब पचती नहीं। एक बखत की रोटी चैन से नहीं खाने दी हरामी ने। गटर की औलाद, मर क्यों नहीं जाता।"

उस क्षण कजरी की जुबान पर जम बैठ गए थे। किसना खाट पर एक बार गिरा, फिर उठा ही नहीं। कजरी उसके ठंडे पड़ते शरीर पर पहले दहाड़ मारकर रोई, फिर अचानक कटोरदान से रोटियाँ निकालकर खाते हुए बड़बड़ाने लगी—

"आज मैं रोटी चैन से खाऊँगी; रोज तू खाता था। कमीना कहीं का! तेरे जीते-जी कभी भर-पेट रोटी नहीं खाई…कम-से-कम तेरे मरे पर तो खा लूँ। कल का क्या पता…कोई तेरे से भी ज्यादा कमीन मिल गया तो!"

□□□

कुछ यूँ हुआ उस रात